어쩌다 시에 꽂혀서는

정연철 장편소설

위즈덤하우스

차례

별

잠이 안 오는 밤이다. 이런 날 밤이면 엄마가 일정한 간격으로 가슴을 두드려 주었던 손의 촉감이 되살아난다. 솜털 보송보송한 병아리를 쓰다듬듯 가볍고도 포근하게 토닥토닥. 두드림은 두근거림을 잠재우고 어느새 나를 까무룩 잠의 늪으로 인도한다. 그 마법 같은 두드림이 간절한 밤이다.

사람이 죽어 별이 된다는 건 누가 지어낸 말일까를 생각한다. 문득 그 말의 진위, 아니 진위 여부를 떠나 그 말의 출처나 유래가 궁금해 휴대폰으로 인터넷을 뒤져 본다. 그러다가 그게 아무 근거 없이 날조된 말이라면 헛헛함을 어떻게 견디나, 하는 데까지 생각이 미치자 그냥 믿기로 한다.

사람은 죽어 별이 된다.

사람은 죽어 반드시 별이 된다.

지금부터 유난히 반짝이는 별은 언제나 엄마 별이다.

엄마가 없는 엄마 작업실은 휑댕그렁하다. 양지바른 곳에 있어도 썰렁하기만 하다. 나는 멍하니 작업실 한쪽 귀퉁이에 놓인 의자에 앉는다. 호두나무 재질의 흔들의자. 엄마가 애지중지했던, 그래서 때론 엄마와 한 몸이었던 의자. 연유를 설명할 길은 없지만 이 의자에 앉으면 난 무장 해제가 된다. 아니 과거형이 되었으니 '되었다'가 맞겠다. 입술을 달싹여 엄마를 불러 본다. '엄마'를 발음할 때 사용되는 기관과 눈물샘은 연동된 게 분명하다. 눈물은 계속 차오르고 제어할 방법은 없다.

길고양이 한 마리가 주위를 경계하며 마당으로 들어오더니 나를 빤히 응시한다. 마치 신기루 같다. 고양이의 눈이 묻는다.

괜찮아?

나는 고개를 젓는다. 아, 갑자기 달래가 보고 싶다. 엄마는 달래 집사였다. 내가 초등학교 5학년 때 달래는 우리와 영영 이별했다. 엄마가 싸늘한 달래의 주검을 안은 채 몸 한번 뒤척이지 않고 훌쩍이던 모습이 눈에 선하다. 엄마는 달래를 잃은 상실감에 삶의 의욕마저 잃은 것 같았다. 실어증 걸린 사람처럼 말을 아꼈고 끼니를 건너뛰었으며 외출을 삼갔다. 그림도 그리지 않았고 음악도 듣지 않았고 책도 읽지 않았고 통화도 하지 않았고 커피도 마시지 않았다. 보다 못한 할머니가 고양이 한 마리를 데려왔지만 도로 데려갔다.

용기가 안 나.

지금 생각해 보니 앞에 생략된 말은 '다시 떠나보낸다는 게' 정도였을 것 같다. 지금 내 곁에 달래라도 있었으면, 하는 마음이 들자 속에서 뭔가 울컥 치민다.

달래야, 잘 지내니? 거기 날씨는 어때? 혹시 엄마 만났니? 엄마 부탁해, 잘.

어느새 길고양이는 시야에서 사라지고 없다.

무심코 내 시선이 닿은 곳은 알로카시아. 알로카시아가 나를 안쓰럽게 내려다보며 말을 건다.

무슨…… 생각해?

모르겠어, 도통.

문틈으로 바람 한 줄기가 들어왔다. 알로카시아가 넓적한 잎을 흔든다. 마치 너무 애쓰지 말라고 위로하듯이.

식물에 관한 한 엄마는 자칭 똥손이었다. 거의 관리하지 않아도 산다는 선인장조차 죽이곤 했다. 언제였더라. 엄마가 마음에 둔 출판사와 작품을 계약하고 선인세를 받았다며 자축하자는 의미로 알로카시아를 들여왔다. 꽤 비싸 보였다. 우리 형편에 그런 사치를 부릴 돈이 어디 있냐고, 잔소리했던 기억이 난다.

그냥, 사고 싶었어.

또 죽이면? 후회 안 할 자신 있어?

엄마는 식물을 죽이면 한동안 자책감에 시달렸다.

네가 내 엄마냐?

엄마는 내 코를 비틀었다. 나는 엄마 손을 뿌리쳤지만 짜증이 난 건 아니었다.

알로카시아 덕에 작업실은 한층 빛났다. 알로카시아는 엄마랑 함께 즐겨 갔던 동네 단골 카페 입구에서 처음 만났다. 그 이후 나는 그곳에 갈 때마다 알로카시아에게 말을 건넸고, 시간이 흐르자 알로카시아가 먼저 나에게 말을 걸기도 했다. 사람이 아닌 것에 말을 건네는 습관은 엄마의 영향이었다. 엄마는 보도블록 틈에 뿌리 내린 민들레꽃이나 제비꽃한테도 눈길과 미소를 주며 말을 건네고 손을 건네고 코를 들이댔다. 나는 그게 재미있어 곧잘 따라하곤 했다. 알로카시아. 보통 사람의 키를 훌쩍 넘는 압도적인 크기에 이국적인 느낌까지 있어 카페에서 망고스무디를 마시고 있으면 해외 어느 목가적인 곳에서 휴가를 보내는 느낌이라고, 엄마는 말했었다. 굵직한 목대에서 줄기 하나가 시원하게 뻗어 나왔고, 잎은 딱 두 장. 나는 그 심플함이 마음에 들었다. 처음 낯선 이름을 접했을 때 날개가 커서 먼 거리를 활공으로 비행한다는 알바트로스를 떠올렸다. 큰 날개와 큰 이파리. 보는 것만으로 조여든 숨통을 트이게 해 줄 것 같은 기분이었다.

밑반찬을 싸 들고 온 할머니가 알로카시아를 보고 일 년 내 사망 신고 할 거라며 농담 반 진담 반으로 했던 말은 결국 농담이 되었다. 인터넷으로 알로카시아가 빛에 민감하고 추위에 약하다는 정보를 보고 내가 관리했다는 걸 엄마는 알았을까? 엄마는 건강하게 자라는 저 식물에게 위안을 얻는 것 같았다.

대체 지금 나한테 무슨 일이 일어나고 있는 걸까?

엄마가 알로카시아에게 던졌던 질문이 생각난다. 말의 고저와 강약과 속도, 그리고 말이 머금었던 습기까지. 그땐 푸념 같던 그 문장이 어떤 의미를 담고 있는지 몰랐고 지금은 안다.

뭐가?

내가 시큰둥하게 되묻자 엄마는 안색을 확 바꾸며 미소 지었다. 알 필요 없다는 듯이. 그러고는 뜬금없이 물었다.

배 안 고파? 밥 차려 줄까?

엄마는 나만 보면 밥 생각이 나냐?

그게 어때서? 밥만큼 중요한 게 어디 있다고.

그때 엄마가 만들었던 건 오므라이스였다. 노란 지단 위에 내가 케첩으로 그렸던 하트가 기억난다. 그걸 아까워하며 먹을 때 엄마는 커피를 내려 마시며 창밖 너머 허공을 바라보았다. 종종 엄마는 맥락 없이 기분이 가라앉았고 말을 걸어도 묵묵부답이었다. 저물녘 노을을 바라보던 엄마의 옆얼굴 윤곽이 떠오른다. 슬픔과 외로움과 무심함의 조합이 만들어 낸 표정. 그때 엄마는 무슨 생각을 하고 있었을까. 이런 나중을 예상했을까.

엄만 떠났어, 멀리.

알로카시아가 현실을 직시하라는 듯 충고한다.

"알아, 안다고!"

나도 모르게 소리를 지른다. 아까 사라진 것 같았던 길고양이가 긴장한 듯 뻣뻣한 몸으로 내 눈치를 보며 마당을 벗어난다.

눈을 천천히 감는다. 세상이 온통 발갛다. 눈을 천천히 뜬다. 알로카시아가 눈에 들어온다. 유심히 보니 꼬락서니가 말이 아니다. 먼지가 켜켜이 쌓였고, 이파리에 누렇게 변색된 부분도 눈에 띈다. 나처럼 엄마 없는 시간을 버티고 있는 듯하다. 물을 줘야겠다고 생각하지만 일어날 기운이 없다. 나는 알로카시아에게 사과한다.

"미안해."

정신을 차리고 보니 엄마 작업실 흔들의자에 앉아 있다. 엄마 의자에 앉는 건 나한테 한 끼 식사와 같다. 복원된 엄마의 체온과 체취를 느끼며 간당간당한 삶의 배터리를 충전하는 시간이다.

대여섯 살 무렵, 의자에 앉은 엄마가 나를 무릎에 앉히고《엄마의 의자》라는 그림책을 읽어 주었다. 온종일 일하고 돌아와도 고단한 몸을 쉬게 할 의자 하나 없는 엄마. 여자애는 그런 엄마를 위해 저금통에 모은 동전으로 빨간색 꽃무늬 소파를 장만한다. 엄마 품에 안겨 잠든 여자애의 행복한 표정이 떠오른다.

나도 나도! 선물할 거야.

엄마한텐 겸이가 선물인데?

엄마는 빙그레 웃었다. 그리고 '나'라는 선물을 제대로 써 보지도 못하고 떠났다.

엄마는 통유리창 앞, 등받이도 없는 딱딱한 나무 의자에 앉아 동화책에 들어갈 삽화를 그렸다. 프리랜서 일러스트레이터. 좋아서 선택한 일이었고, 한동안 육아와 가사 노동으로 잠시 밀쳐 두었다가 내가 초등학교에 입학했을 무렵 다시 손에 연필과 붓을 잡았다. 아직 그 바닥에서 제대로 인정받지 못했지만 일 년에 한두 권 정도는 꾸준하게 작업했다. 엄마는 버스를 기다리다가도, 은행에서 대기 번호표를 뽑고 순서를 기다리다가도, 지하철을 타고 가다가도, 틈틈이 수첩을 꺼내 스케치를 했다.

나는 어려서부터 흰 도화지가 온갖 그림들로 채워지고 채색되는 과정을 지켜보았다. 그건 마법의 세계였다. 엄마가 만든 세계는 기발하고 신나는 상상으로 가득 찼고 그걸 보고 있으면 가슴에 어떤 충만감이 일었다. 나는 그 세계에 들어가고 싶은 충동을 느꼈고 가끔 꿈속에서 이루어지기도 했다.

엄마는 한국의 엠마 스턴을 꿈꾸었다.

독일에 엠마 스턴이라는 할머니가 있는데 일흔두 살에 화가가 되었대. 멋지지 않아?

멋지네.

그때까지 그림 그리며 살 수 있을까?

물론.

내 성의 없는 답변에도 엄마는 눈을 반짝였다.

있잖아, 겸아. 엄마는 가슴이 뛴다.

엄마는 그때 처음 연애하는 것처럼 설레 했다.

문득 스삭스삭 연필로 그림 그리는 소리가 나는 듯하다. 어디선가 아크릴 물감 냄새가 나는 듯하다. 연필과 붓과 스케치북과 물감은 분리 가능한 엄마 신체의 일부라고 해도 과언이 아니었다. 나는 연필과 붓과 물감 들을 조심스럽게 정리한다. 그러다가 물끄러미 선반 위를 바라본다. 가지런하게 진열된 동화책 몇 권. 그리고 하도 많이 봐서 표지가 해진 그림책 《엠마》. 책들을 꺼내 책등을 쓰다듬어 본다. 목이 마르고 어지럽다. 의식이 몽롱해진다. 바깥은 어스름이 깔려 있다. 새벽녘인지 저녁 무렵인지 감이 잡히지 않는다. 배도 고프지 않다. 엄마 장례식을 치르는 동안에도 먹은 게 거의 없다.

죽은 사람은 죽은 사람이고 산 사람은 살아야지. 이러다 너까지 쓰러져.

할머니가 매정하다 싶을 정도로 언성을 높였다. 할머니는 며칠 새 폭삭 늙었고, 그때 말에도 주름이 팬다는 사실을 깨달았다. 나는 순전히 할머니 때문에 수저를 들었다. 플라스틱 숟가락으로 밥 한 술 뜨고 소고기뭇국에 적셔 겨우 삼켰다. 다시 밥 한 술 뜨자 할머니가 그 위에 편육을 올려 주었다. 그걸 입안에 밀어 넣다가 그만 토하고 말았다. 속은 계속 메스껍고 마른 몸은 더 앙상해졌다.

어느덧 땅거미가 진다. 작업실에서 나와 별이 안 보이는 밤하늘을 올려다본다. 여름인데도 몸이 으스스하다. 머리가 핑그르르 돈다. 조망 덱에 놓인 피크닉 테이블 의자에 앉아 허리를 굽히고 고개를 숙인다. 한참 그러다가 테이블에 팔베개를 한 채 엎드린다. 바닥이 푹 꺼지고 잠의 나락으로 빠져든다.

얼마나 그러고 있었는지 짐작조차 할 수 없는 시간이 흐르고 눈을 뜬다. 내 방 침대 위다. 몹시 갈증이 인다. 입안이 텁텁하고 목구멍이 쩍쩍 갈라지는 것 같다. 집 안은 음소거 상태처럼 고요하다. 방문을 연다. 거실에 깔려 졸던 햇살이 깜짝 놀란 듯 빛을 발산한다. 현기증이 일어 잠시 문설주를 잡는다. 눈을 게슴츠레 뜬 채 냉장고에서 차가운 보리차를 꺼내 마시고 현관문을 연다. 미지근한 바람이 훅 얼굴을 덮친다.

"일어났니?"

흩어져 제멋대로 나뒹굴던 의식의 퍼즐 조각들이 제자리를 찾는다. 맞다, 그 사람이 돌아왔지. 엄마 장례식이 끝난 다음. 기상 악화로 인한 비행기 연착 때문이라고 말하던 모습이 떠오른다. 나는 그 담담함에 말문이 막히고 구역질이 났다. 이성을 잃은 외삼촌이 벼룩도 낯짝이 있지 여기가 어디라고 뻔뻔한 얼굴을 들이미느냐고 악담을 퍼부어 댔다. 할머니는 아무 말 없이 흐느끼며 야윈 주먹으로 그 사람의 가슴팍을 때렸다. 그 사람은 샌드백처럼 맞고만 있다가 중심을 잡지 못하고 비틀거렸다. 그러고는 블랙홀이 된 것처럼 외가 친척들의 분노와 원망을 다 빨아들였다. 그 사람이 지금 원래 자리로 돌아가지 않고 이 집에 있는 거다. 세상 흔해 빠진 '아빠'라는 호칭이 어색하다. 엄마한테 속아 입에 익지 않은 음식을 먹은 느낌. 입맛에 맞지 않을 때 나는 보통 음식을 뱉는다. 아빠라는 존재도 그게 가능하면 좋겠다. 아무 호칭 없이 바로 본론으로 들어갈 요량이지만, 아직까지 어떤 말도 할 필요를 못 느낀다. 그게 영원했으면 좋겠다. 생각 속에서는 편의상 'H'라고 부르기로 한다.

"학교는?"

후안무치의 극치. H가 나에게 관심을 갖는 게 불편하고 불쾌하다. 해 왔던 대로 했으면 좋겠다. 보호자라는 족쇄에 묶여 오도 가도 못하는 신세라고 생각하는 건 아닐까. 상상만으로도 자존심 상한다. 그따위 책임감 나부랭이는 똥개한테나 줘 버리면 좋겠다. 엄마와 내 색깔로 채워졌던 공간이 누군가의 침범으로 변색되는 건 쓸쓸하고 씁쓸한 일이다.

엄마가 떠나고 열흘쯤 흐른 것 같다. 학교에서 출석으로 인정해 주는 날은 고작해야 오 일. 그러니까 지금 난생처음 미인정 결석을 저지르고 있다. 사람은 다 다른데 천편일률적으로 죽은 이에 대한 애도 기간을 정해 놓고 그 기간을 넘어서면 미인정이라니. 규정이 너무 가혹하고 폭력적이라는 생각이 든다. 아니 상관없다. 학교 따위에 미련 버린 지 오래다.

부스럭부스럭, 쿵쿵……

소리가 나는 원인을 찾기 위해 한참 머리를 굴린다. 며칠 전 H가 내 방문 밖에서 했던 말이 떠오른다. 평범한 아빠가 휴가철 여행 계

획을 짜는 듯이.

"이사…… 생각하고 있어. 아빠 고향 쪽으로."

나는 아무런 의사 표시를 하지 않았다. 그걸 긍정의 의미로 받아들였을까. 그렇다면 저 소리는 이삿짐을 싸는 소리? 무슨 궁리를 하고 있는지 H의 뇌가 궁금하다. 아니 궁금하지 않다. 전혀 궁금하지 않다. 궁금하다는 것 자체가 기분 나쁘다. 반항, 가출, 흡연, 음주, 교통사고, 실어증 같은 걸 생각해 본다. H에 대한 복수가 진부하다. 어떤 형태가 가장 적절하고 합리적인지, 잔인하고 악랄한지 생각하느라 밤을 홀딱 새우기도 했다. 고심 끝에 임시방편으로 삼은 것이, 선택적 함구증. 이보다 더 간단하고 효율적인 증상이 어디 있나. 기대해도 좋다. 완벽한 메소드 연기를 펼칠 거다. H의 접근을 막기 위해 진입 장벽을 설치한 뒤 육중하고 견고한 침묵을 보여 줄 거다. 그 무게감에 짓눌려 항복하고 결국 나를 포기하는 순간까지.

어린 시절, 먼 여행을 떠났던 H가 돌아오면 마냥 좋았다. 부재중이었던 기간에 비해 집에 머무는 기간은 상대적으로 짧았다. H가 가고 시무룩해하는 나에게 엄마는 H가 실은 특수 임무를 띠고 파견된 지구별 여행자라고 귓속말을 했다. 어쩐지 그 말이 무지 근사해 보였다. 그 영향 때문이었나. 초등학교 6년 내내 내 장래 희망은 탐험가였다. 한 번도 바뀐 적이 없었는데 중학교 입학하면서 어렴풋이 누군가의 희생을 담보로 하는 탐험은 의미도 가치도 없다는 생각이 들었다. 사춘기가 오면서부터 H가 와도 데면데면했다. H는, 많이 컸

네, 하며 내 등을 툭 치고는 배낭을 풀고 짐을 정리했다. 학교생활은 어떤지, 친한 친구는 있는지, 뭘 좋아하는지 같은 대개 부자 간에 오갈 수 있는 것들에 대해 물어보지 않았다. H와 나 사이의 균열은 진행 중이었다. 문득 엄마한테 H는 뭐였을까, H한테 엄마는 뭐였을까, 하는 생각이 든다. 불현듯 느껴지는 게 진실 같아 몹시 가여워진다. 엄마와 내가. 나보다는 엄마가.

웃는 얼굴

잠에서 깨어났다. 꿈자리가 어수선했다. 꿈은 엄마를 만나는 유일 무이한 통로인데 성공한 적이 없다. 엄마는 나를 떠나 홀가분한가. 침대에 누운 채 무심코 엄마한테 전화를 걸다 멈칫한다. 그곳은 벨 소리가 닿을 수 없는 거리. 부실한 마음이 무너져 내린다. 휴대폰으로 우울증 척도를 검색해 본다. 만점. 이 정도면 전문의 조언도 소용 없지 않을까. 솔직히 말하자면 우울증을 조기 발견해 완치하고 싶은 생각이 손톱만큼도 없다. 그냥 우울의 바다에 침잠하고 싶다.

나는 극도의 무력감에 빠졌고 벗어나기 위해 허우적대지 않는다. 외관상으로는 비교적 잘 지내고 있다. 그건 실은 H에게 당신이 있든 없든 상관없다는 항변이다. H한테 결코 내 희로애락을 드러내기 싫다. 다행히 H는 별다른 문제의식을 못 느끼고 있는 듯하다.

알고 보니 나는 타고난 연기자다. 얼굴 덕분인지도 모른다. 가만히 있어도 웃는 얼굴. 그건 창백해 보일 정도로 하얀 피부, 빼빼 마른 몸, 가는 손목, 가는 목, 납작한 엉덩이 등과는 차원이 다른 콤플렉스였다. 그게 이 시점에서 요긴하게 쓰일 줄이야.

H는 안색조차 변함이 없다. 에이아이 로봇인가? 엄마가 하루아침에 종적을 감췄는데 어찌 저렇게 평정심을 유지할 수 있을까, 싶을 정도로 아침 일찍 일어나 스트레칭을 하고 규칙적으로 식사한다. 드르륵드르륵, 원두를 갈고 드립 커피를 내린다. 커피 향은 거실에 가득하고 H는 향을 음미하며 한 모금 두 모금……. 순간 커피 그라인더를 내동댕이치고, 드립 서버에 담긴 커피를 변기에 쏟아붓고 싶은 충동을 느낀다.

주방에서 아침 차리는 소리가 들린다.

"밥 먹자."

청유형 문장에 거부감이 인다. H와 마주 앉아 밥을 먹는다는 건 여간 고역이 아닐 터. 뭉그적대다가 주방으로 가 막상 내 밥만 덩그러니 놓인 식탁을 보니 잘됐다 싶으면서도 감정이 복잡해진다. 나를 위한 배려인지 H 자신을 위한 배려인지 헷갈린다. 나는 부걱부걱 올라오는 울음을 억누르며 꾸역꾸역 한 공기를 다 비운다. 반찬통 뚜껑을 닫아 냉장고에 넣고 빈 그릇과 수저를 개수대에 놓는다.

"그냥 둬. 아빠가 할 테니까."

인공 지능 센서가 장착되어 있나, 바로 H의 말이 날아든다. 나는 H가 자신을 지칭하는 말로 '아빠'라는 말을 쓰는 게 몹시 거슬린다.

몸 곳곳에서 기능이 오작동을 일으켜 속이 뒤집어질 것 같다. 나는 묵묵히 설거지를 하고 그릇과 수저를 식기 건조대에 올려 둔다.

곧장 엄마 작업실로 향한다. 들어서자마자 문을 잠그고 알로카시아 잎을 쓰다듬는다. 마름모꼴의 햇볕이 흔들의자에 내려앉아 있다. 의자에 앉자 햇볕이 내 볼을 어루만진다. 엄마의 냄새와 감촉이 느껴진다. 그게 너무 달콤하고 따뜻해서 괜히 엄마한테 미안하고 결국 또 눈물샘은 터지고 만다. 엄마 없는 세상에 나는 언제쯤 적응할까. 적응해도 될까. 엄마가 입김을 불듯 속삭인다.

울어, 괜찮아.

하지만 엄마가 있을 때처럼 마음 놓고 울 수는 없다. H한테 들키지 않게 몰래 울어야 한다. 그 사실에 고아가 된 것처럼 속이 상한다. 편도선이 부은 것처럼 목이 따끔거린다.

엄마는 암에 걸렸다가 완치된 전력이 있었다. 정기 검진을 게을리하는 사이 재발되었고, 그 사실을 모른 채 살다가 시한부 인생을 선고받았다. 유방암 말기로 손을 쓸 수조차 없는 상태라고 했다. 엄마의 속은 만신창이였고 암세포가 폐와 뇌로 전이되는 속도가 빠르다고 했다. 엄마는 그 사실을 언제까지 숨기려고 했을까. 컨디션이 안 좋아 학원을 땡땡이치고 집으로 곧장 온 날, 화장실 변기를 부여잡고 피를 토하는 엄마와 등을 쓰다듬어 주는 할머니의 모습을 보고 말았다. 내 벼락같은 화에 엄마는 초췌한 얼굴로 고백했다. 그 순간 엄마의 퀭했던 눈과 각질이 허옇게 인 낯과 피 묻은 입술이 떠오른다. 그날 엄마는 입원했다.

엄마는 병실 침대에 누운 채 피식 웃음을 터뜨렸다. 내가 어이가 없어 째려보자 엄마는 정색하고 내 손을 잡았다.

미안.

…….

내 입에선 "내가 더 미안." 소리가 나오지 않았다. 엄마의 손가락이 겨울 나뭇가지처럼 앙상했다. 다 식어가는 핫팩을 만지고 있는 것처럼 온기가 미세하게 전해졌다. 할머니는 눈을 감은 채 염주를 돌렸다.

우리 아들 대학 가는 것도 보고 싶고, 장가가는 것도 보고 싶고, 손주 기저귀도 갈아 주고 싶고…….

그런 말 싫어.

손주랑 그림도 그리고, 하고 싶은 게 너무 많은데…….

다 해. 그러니까 다 하고 가라고.

내 목소리가 떨렸다. 나는 엄마와의 대화를 더 이어나갈 자신이 없어 밖으로 나갔다. 터덜터덜 화장실로 걸어가 울음을 토했다. 몇몇 사람들이 들어왔다 나갔지만 병원 화장실이 으레 그런 곳인 듯 아무도 참견하지 않았다. 충혈된 눈으로 한참 거울을 들여다보았다. 멍청이.

이실직고하자면 진작 엄마 건강에 이상 신호가 생겼다는 걸 어렴풋이 감지했다. 하지만 며칠 지나면 괜찮아지는 단순한 소화불량이나 가벼운 편두통 같은 거라고 치부했다. 그건 어쩌면 엄마가 위중한 병에 걸렸다는 사실을 애써 부정하기 위한, 양심의 가책에서 벗어나기 위한 자구책이었는지 모른다. 나는 그렇게 무딘 성격은 아니었고, 돌이켜 보면 의심 갈 만한 구석은 많았다. 그즈음 엄마는 때와 장소를 가리지 않고 자주 헛구역질을 했다.

임신했어?

그걸 농담이라고, 했다, 난. 얼굴이 화끈거린다. 한번은 엄마가 밥 먹다가 토한 적도 있었다.

아이, 더럽게.

내 입에서 몰상식한 말이 툭 튀어나왔다. 엄마는 손으로 입을 막으며 화장실로 달려갔다. 나는 숟가락을 탁 놓고 가방을 챙겼고, 엄마는 화장실에서 급히 나와 마저 밥 먹고 가라고 내 팔을 붙잡았다.

밥맛 떨어졌어.

엄마가 내 손에 만 원짜리 지폐 한 장을 쥐여 주었다. 나는 큰 시혜라도 베푸는 것처럼 말했다.

병원 가. 약 먹어, 꼭.

그따위로밖에 말하지 못했던 내 입을 짓이기고 싶다.

갑자기 메스꺼움이 느껴져 화장실로 뛰어간다. 속이 물결처럼 일렁이더니 한바탕 토하고서야 진정된다. 변기에 묻은 이물질을 닦고 입안을 헹군다. 고개를 들어 거울을 본다. 문에 쾌변을 응원하는 스티커가 붙어 있다. 엄마 작품이다. 엄마와의 빈자리가 느껴질 때마다, 사소한 추억들이 떠오를 때마다, 감정이 북받친다.

침대에 모로 눕는다. 창문 쪽으로 시선을 돌린다. 내 방에서는 저무는 해를 바라볼 수 있다. 보라와 주황으로 채색된 노을이 슬프게 아름답다.

똑똑.

노크 소리에 벌떡 일어나 귀에 이어폰을 꽂고 문제집을 푸는 척한다. 문 여는 소리가 들린다.

"괜찮니?"

이어폰은 참 편리한 물건이다. 불편한 대화나 상황을 미연에 차단해 준다. H와의 대화는 여전히 익숙하지 않고, 꼬박꼬박 존댓말을 해야 하는 상황도 어색하다. 사소한 것에서부터 큰 것까지 엄마와 H는 천양지차다. 엄마가 껍질째 먹을 수 있는 자두나 토마토 같았다면 H는 수박이나 파인애플 혹은 밤이나 호두 같다.

"쉬어."

H는 도로 문을 닫고 나는 원래 자세를 취한다. 어느새 해는 서산으로 완전히 빠졌다. 저 해는 내일 아침 다시 떠오르겠지. 엄마와는 달리. 이건 뭔가 불공정하고 불합리하다. 심장이 벌렁거리고 열이 얼굴을 거쳐 정수리로 뻗쳐오른다. 노을은 제 색을 잃어가고 별은 보이지 않는다.

달이 환하게 비치는 창을 바라본다. 문득 이사를 가면 어떨까, 생각한다. 다른 건 몰라도 별을 숱하게 볼 수 있다는 막연한 기대로 마음이 부푼다. 그건 너무나 얇은 막 같은 것이어서 비눗방울이 터지듯 폭 꺼지다가 되살아나기를 반복한다.

이사는 일사천리로 진행되었다. 종종 H가 내 의견을 물어왔지만 나는 가타부타 대답하지 않았다. 하지만 엄마와 내 추억의 공통분모를 가장 많이 차지하는 이 집에 대해서는 어떤 방식으로든 뜻을 전해야 했다. 특히 엄마 작업실은 털끝 하나 건드리기 싫었다. 할머니가 엄마 명의로 장만해 준 집이었고, 양심이 있다면 H는 내 결정을 따르는 게 도덕적으로 옳은 일이라 판단했다. 내 뜻을 읽은 할머니가 내 편에 서 주었고, 결국 집은 처분하지 않기로 했다.

전학은 기정사실이 되었다. 나는 다니던 학교에 내 흔적을 두고 싶지 않았다. 해가 뜨기도 전 교실 문을 열었다. 창문을 열어 환기하고 뿌연 칠판을 닦았다. 푸른 칠판에 짙푸른 바다가 펼쳐졌다. 혼자 헤엄쳐 가야 한다. 몇 미터나 갈 수 있을까. 어지럽고 막막해서 한숨이 나왔다.

내 책상은 운동장 쪽 창가 맨 뒷자리로 밀려나 있었다. 의자에 앉아 책상 안에 있는 교재와 학습지와 가정 통신문을 분리수거함에 버렸다. 사물함은 공용 쓰레기통이 되어 있었다. 온갖 허접쓰레기 중에 내 실내화와 체육복을 골라 버렸다. 아이들이 하나둘씩 교실에 들어왔다. 거의 보름 만에 보는 얼굴이지만 늘 그랬듯이 손 인사나 눈인사를 나누지는 않았다.

아침 자습 시간에 담임이 나를 복도로 불렀다.

"좀 괜찮아졌니?"

위로가 서툴렀다. 그럴 리가 없지 않은가. 장례식장에 온 담임은 급한 볼일이 있다며 번갯불에 콩 구워 먹듯 가 버렸다. 나는 껄끄러운 마음을 감추고 웃는 얼굴을 유지했다. 사실 그건 유지하는 게 아니었다. 반달 모양의 눈에 입꼬리가 위로 올라가 있어 가만히 있어도 웃는 얼굴이었고, 그래서 왕왕 얼굴마저 저주에 걸린 게 아닌가 싶었다.

"다행이다."

도대체 뭐가?

사는 동안 웃는 얼굴이어서 오해를 살 때가 많았다. 분위기 파악 못 한다고 억울하게 벌점을 받기도 했고, 군대 가서 이러면 총살감이라는 잔인하고 시대착오적인 협박을 들었으며, 어쩔 수 없이 종종 고개를 숙이거나 손바닥으로 얼굴을 가렸다. 웃는 얼굴은 삶의 많은 부분을 불편하게 했다. 짓궂은 애들은 내 얼굴을 '그윈플렌'에 빗대었다. 영화 〈웃는 남자〉 속 주인공. 그 말을 듣고 인터넷을 검색해 보았다. 어릴 적 인신매매단에게 납치된 후 입이 찢겨 평생 웃는 얼굴로 살아갈 수밖에 없었던 사람. 불쌍하지만 끔찍한 것 또한 부인할 수 없었다. 그리고 얼마 뒤, 내 별명은 배트맨의 숙적인 조커로 최종 낙점되었다. 어느 날 밤, 내 입이 하염없이 위로 찢어지는 악몽까지

꾸었다. 그게 H와 닮았다는 사실에 더 분노가 일었다. 웃는 얼굴이 섬뜩해 칼로 도려내고 싶었다.

담임은 교실로 들어가 나를 옆에 세운 뒤 손바닥으로 교탁을 두 번 쳤다. 몇몇은 여전히 엎드려 있었지만 담임은 시간에 쫓기듯 서둘러 말을 꺼냈다.

"겸이가 전학 가기로 했어."

담임 말에 보인 애들 반응. 그래서 뭐? 하는 표정.

"세상 좋다. 사고 치고 튀면 다 해결되고. 조커, 백이 막강한가 봐. 잘 보일걸."

나를 괴롭히는 데 선두 주자였던 최상필의 비아냥거림에 치가 떨렸다. 녀석이 아니었다면 그날 그런 일은 없었을 터였다.

"그런 말도 안 되는 말이 어디 있니? 덕담은 못 해 줄 망정."

"그럴 자격이 돼야 말이죠. 근데 전학 갈 때 가더라도 징계는 받아야 되는 거 아니에요?"

녀석이 끈질기게 물고 늘어졌다. 그러거나 말거나 난 다른 사람 감정 따위 신경 쓸 만한 여력이 없었다. 담임 역시 녀석의 말에 일언 반구조차 없었다.

"한마디 할래?"

담임이 제안했지만 나는 고개를 젓고 교실 문을 열고 나갔다. 아무도 잘 가, 하지 않았다. 뒤통수와 등이 따가웠다. 그럴 필요 없는데 담임이 복도로 따라 나왔다.

"선생님이 서운하게 한 거 있으면 잊고."

헛웃음이 나오려고 했다. 담임은 호불호가 강했고 나는 담임 취향이 아니었다.

학기 초, 짝수를 맞춰야 한다는 최상필의 간곡한 부탁에 반 대항 축구 경기에 참가한 적이 있었다. 내가 치명적인 실수를 저질러 경기에서 졌지만, 맹세코 최선을 다했다. 사과할 일은 없었다. 하지만 녀석은 사과하라고 종용했고 내가 거부하자 전과는 차원이 다른 공격을 했다. 그때도 "조커, 이 개새끼. 웃어?" 이런 말을 종종 들었다. 그러던 어느 날, 급식 시간에 멍하게 계단을 내려가다가 누군가 뒤에서 밀어 앞으로 고꾸라졌다. 층계참에 누워 위를 올려다보니 최상필이 미소를 지으며 뭐라고 지껄였다. 입 모양으로 보건대 '조커 병신'이 분명했다. 그때 나는 계단 모서리에 머리를 부딪쳐 뇌진탕에 걸렸다. 일이 복잡해지고 너저분해지는 게 싫어 내막에 대해서는 함구했다. 담임은 내가 부주의해서 일어난 사고로 결론을 냈고, 학교안전공제회에 보험금을 신청하려고 불친절한 동사무소 직원처럼 사건의 개요에 대해 조사했다. 사는 게 구질구질하고 치사했다. 담임한테 서운한 게 많았지만 침묵했다. 학교에서 내 인생은 오해로 얼룩졌고, 지금 와서 필사적으로 그 오해를 풀고 싶은 생각도 없었다.

"애들이 다 서운해하는 눈치네."

내 입에서 기어코 헛웃음이 터져 나오고 말았다.

"그래, 웃으니까 선생님 마음도 편하고 좋다. 힘내. 앞으로는 좀 자신감 있게."

세상에 힘내라는 말처럼 힘없는 말도 있을까. 담임의 훈수는 심장 근처에도 닿지 못했다. 하지만 나는 담임의 기대에 부응해 한 번 더 웃어 주었다.

담임은 구부정한 내 어깨를 툭 치며 책임을 다한 듯 교실로 들어 갔다. 쿵! 교실 출입문이 닫혔다. 이상하게 후련했다. 한때 사람들은 내 눈동자 깊숙이 얼마나 많은 눈물이 숨겨져 있는지 왜 보려고 하 지 않을까, 의아했던 적이 있었다. 이제 와서야 얘기지만 사실 웃는 얼굴은 살아가는 데 적잖이 도움이 된다. 특히 나를 감추는데. 사람 들이 내 표정 변화를 보고, 무슨 일 있느냐고 물어보는 건 꽤 피곤한 일이다.

운동장을 가로질렀다. 오늘따라 운동장이 참 넓었다. 궁금했다, 뒤 가. 갈등만 백만 번쯤 하다가 슬머시 뒤를 돌아보았다. 돌아보지 말 았어야 했다. 난 뭘 바랐을까? 나를 향해 흔드는 손을? 아쉽고 슬픈 표정들을? 나도 모르게 콧방귀를 뀌었다. 굿바이, 학교.

오전 10시경. 집에 도착하니 트럭이 대문 앞에 서 있었다. 짐칸에 놓인 짐들은 단출했다. 길고양이가 나른한 표정으로 이사하는 모습 을 구경하고 있었다.

"갈까?"

H가 수건으로 이마에 맺힌 땀을 닦으며 물었다. 나는 대꾸 없이 엄마 작업실로 가 흔들의자에 앉았다. 팔걸이를 쓰다듬으며 눈을 감

고 숨을 크게 들이쉬며 엄마를 느꼈다. 나는 아직까지 H가 이사하기로 한 이유를 알지 못한다. 적어도 나를 위한 결정이었다는 말은 듣기 싫다. H가 지금 하는 보호자 행세는 유효 기간이 언제까지일까. H에겐 가장의 의무 같은 개념이 없으니까 끽해야 일 년?

갑자기 이사 결정을 내린 게 잘한 짓인지 아닌지, 혼란스럽다. 머릿속에 먹물이 번지고 나는 침통해진다.

천천히 작업실 문을 닫고 자물통을 걸었다. 아, 맞다. 엄마 의자. 나는 흔들의자를 끙끙대며 끌고 나왔다.

"가져가게?"

H가 다가와 의자를 번쩍 들었다. 나는 H한테서 의자를 도로 빼앗아 트럭에 실었다. 다음엔 알로카시아. 역시 두고 갈 수 없었다. 얼굴이 뻘게진 채로 큰 화분을 질질 끌자 보다 못한 트럭 운전기사가 힘을 보태 주었다.

얼마 뒤, 어젯밤 따로 챙겨두었던 종이상자를 끌어안고 트럭에 올라탔다. H와 따로 가고 싶었지만 다른 선택지는 없었다. 엄마가 몰던 차는 할머니 소유가 되었다. H는 여태 운전면허증도 없는 건가? 그러고 보니 귀국했을 때조차도 운전은 늘 엄마 몫이었다. 그나마 트럭이 5인승인 건 신의 한 수였다. 멀어지는 집 대문 앞에 길고양이가 어슬렁거렸다.

우리 집 잘 부탁해.

그리고 완벽한 침묵. 내비게이션이라도 없었다면 어색하고 불편한 공기를 견디기 어려웠을 터였다. 나는 내내 눈을 감고 있었다. 말은 필요 없었다.

집

세 시간여 운전 끝에 도착한 곳은 이름도 생소한 소읍이었다. 신호 대기 중에 나는 창밖으로 넌지시 눈길을 던졌다. 동산군 동산읍. 그러니까 이곳이 H의 고향이란 말이지? H랑은 물론 엄마하고도 온 적이 없는 곳. 이게 과연 정상인가. 인생이 통째로 뒤틀리고 헝클어진 느낌이었다. H는 왜 고향을 떠났을까. 지금 이 시점에서 H는 왜 돌아왔을까. 거기까지 생각하고 고개를 절레절레 흔들었다. H의 인생에 대해 의문을 품은 것이 당혹스러웠다.

트럭 운전기사가 급브레이크를 밟는 통에 몸이 앞으로 확 쏠렸다. 앞을 보니 주변을 살피지도 않고 무단 횡단하는 노인들이 제법 눈에 띄었다. 엄마였다면 벌써 "아, 저 노친네. 애 떨어질 뻔했네, 정말." 하면서 펄쩍펄쩍 뛰었을지 모른다. 엄마의 악의 없는 짜증이 귓바퀴에 닿는 듯하다가 이내 사라진다. 왜 사라지고 나면 그때 그 짜증까지 그리운 걸까.

트럭은 시속 삼십 킬로 정도의 속도로 복잡한 읍내 도로를 뚫고 달렸다. 협소한 골목을 돌고 돌다가 멈춘 곳은 읍내 변두리에 위치한 이층짜리 주택 앞. 주위 건물들은 대체로 낡고 빛바랬으나 후줄근하기보다 정갈한 인상을 주었다. 포도는 하얗고 개똥이나 과자 봉지 하나 눈에 띄지 않았다. 마치 파장한 시장통처럼 한산해 보였는데, 차 시동을 끄자마자 여기저기서 사람들이 모습을 드러냈다.

"아이구, 얼마 마이고, 그래. 살아 있었네, 살아 있었어. 이래 안 죽고 살아 있으이 본다."

"참말로 세월이 유수 같구마. 저 머리 희끗해진 것 좀 보래이."

"뭐 한다꼬 인자 내리오노. 그래, 아주 내리온 기가?"

이웃 할머니들은 H의 손을 잡고 등을 두드리며 오래 참아 왔을 법한 말들을 쏟아냈다. 반가운 기색이 역력했고, 개중엔 눈물을 훔치는 할머니도 있었다. H가 멋쩍게 웃으면서 고개를 주억거렸다.

"그래, 인자 좀 웃고 살아도 된대이. 요래 웃으이 얼마나 보기 좋으노."

"미안한 맴도 고만 묵어. 차고 넘치는구마."

나는 뻘쭘하게 서서 먼산바라기만 했다.

"너그 어매 아배 그리 허망하게 가 뿌고 니마저 여를 떠나 뿌고 나이 얼매나 황망하고 눈물이 나던지……."

"아이고, 주책맞고로 와 또 씰데없는 이바구를 까고 카노?"

아마 생전에 한 번도 본 적 없는 할머니 할아버지 이야기를 하는 것 같았다. 무슨 사연이 있는 걸까? 머릿속을 야금야금 갉아먹어 들어오는 궁금증을 초파리 쫓듯 쫓아 버렸다. H는 온화하고 초연한 표정을 유지했다.

"자는 아들내미가? 아이구, 이뻐다."

"씨도둑은 몬 한다 카더만 빼다 박았네, 빼다 박았어."

웃는 얼굴에 가려졌지만 사실 나는 분노했다. 세상에서 제일 듣기 싫은 말을 아무 거리낌 없이 하다니, 모욕당한 기분마저 들었다.

"인사드려."

H가 나를 돌아보며 말했다. 노련한 연기 같은 따스한 눈빛, 부드러운 미소, 자상한 음색, 다 혐오스럽다. 하지만 나는 예의 바르고 공손한 아들 연기를 했다. 할머니들이 벌떼같이 몰려와서 내 손을 주무르고 어깨를 두드리고 머리까지 쓰다듬는 통에 곤욕을 치렀다. 어쩐지 이곳에서의 삶이 호락호락하지 않을 거라는 두려움이 엄습했다.

"이사 온다 카는 소식 듣고 좀 치우긴 했는데, 워낙 오래돼 놔서 엉망이구마. 손볼 데도 많고."

할리우드 배우 아널드 슈워제네거를 닮은 구릿빛 근육질의 할아버지가 걸걸한 목소리로 말했다. H는 바지 뒷주머니에서 흰 봉투를 꺼내더니 성의 표시를 했다.

"뭐 할라꼬. 이 씨하고 내하고 성 아우 하던 사인데……. 이런 걸 받아도 되나 모루겠다. 우쨌든 더 필요한 데 있으믄 언제든지 말하거래이. 남아도는 게 시간하고 힘 아이가."

아널드 할아버지가 봉투를 뒷주머니에 쑤셔 넣으며 껄껄 웃어 젖혔다. 이웃 사람들은 흐뭇한 표정으로 바라보다가 저마다의 일을 위해 흩어졌다.

"저거는 거실에 두믄 되제?"

아널드 할아버지는 노익장을 과시하며 알로카시아 화분을 번쩍 들더니 곧장 2층으로 올라갔다. 나도 몇 차례 내 짐을 들고 계단을 오르내렸다.

H는 잠시 거실 창문 밖으로 하늘을 올려다보더니 "비가 오려나." 혼잣말을 하고는 이삿짐을 정리했다.

"네 방은 저기."

나는 H가 가리키는 곳으로 들어갔다. 창가 쪽에 엄마 의자를 놓고는 몸을 웅크리고 앉아 방을 둘러보았다. 의자가 흔들릴 때마다 삐걱대는 소리가 들렸다. 이사하는 와중에 뭔가 틀어진 듯했다. 방은 대체로 아늑한 분위기였다. 침대는 새로 장만한 것 같았고, 그 옆에 텅 빈 책장이 놓여 있었다. 저건 뭐지? 책장 맨 아래 칸에 종이상자가 삐죽 튀어나와 있었다. 무심코 다가가 열어 보니 시집 수십 권이 쌓여 있다. 오래된 물건임을 증명하듯 표지가 바래고 내지도 누렇게 변색된 상태였다.

엄마는 종종 시집을 샀다. 나는 취미도 참 고상하다며 빈정댔고 시 읽을 시간 있으면 아들을 위해 성대한 만찬이나 준비하라고 타박했다. 엄마는 내 잔소리를 무시하고 오버해 가면서 낭송을 했다. 그럼 나는 오글거려 못 참겠다는 듯이 팔에 돋아난 닭살을 훑어 내는 시늉을 했고, 엄마는 곱게 눈을 흘기며 내 겨드랑이를 공격해 왔다. 나는 엄마가 손가락을 구부린 것만 봐도 겨드랑이가 간지러운 느낌이 들어 깔깔 웃어 젖혔다. 지금도 종종 엄마가 외우던 시가 생각난다. 하도 들어서 나도 모르게 외운.

그리움 2
유치환

파도야 어쩌란 말이냐

파도야 어쩌란 말이냐

임은 물같이 까딱 않는데

파도야 어쩌란 말이냐

날 어쩌란 말이냐

엄마가 좋아하는 시를 나는 싫어했다. 안 좋은 추억이 있었다. 초등학교 6학년 때였나. 국어 시간에 '미인박명'이라는 사자성어 때문에 생긴 사연을 시로 써서 낭송한 적이 있었다. 예쁜 사람은 일찍 죽는다는 말에 예쁜 우리 엄마가 일찍 죽는 줄 알고 엉엉 울었던 일, 엄마는 화를 내기보다 키운 보람 있다며 행복한 표정을 지었던 일 등을 시에 담았다. 이웃에 살던 애가 낭송을 듣고는 "니네 엄마 미인 아니니까 걱정 마." 하고 말하자 애들은 배꼽을 잡고 뒤집어졌다. 함께 웃던 선생님이 뒤늦게 내 시에 대해 칭찬을 늘어놓았지만 수습하기엔 너무 늦었다. 나는 시가 싫어졌고, 시 수업을 할 때마다 발표를 시킬까 봐 고개를 숙였다. 그러고 보니, 미인박명. 말이 씨가 됐다. 아, 도대체 나더러 어쩌란 말이냐.

조심스레 시집 한 권을 집어 들었다. 한 손에 쏙 들어오는 책의 물성과 가슬가슬한 질감이 좋았다. 종이 냄새도 어쩐지 마음을 편안하게 했다. 기형도 시집. 표지를 넘기고 시인 프로필을 읽는다. 1960년에 태어나 1989년에 타계. 흔들의자에 앉아 지금, 세상에 없는 사람이 쓴 시 속을 천천히 걷는다. 시나브로 시가 가슴속을 파고든다. 어떤 시 구절은 둥, 하고 심장을 울린다. 그러다가 만난 시, 엄마 걱정.

엄마 걱정

기형도

열무 삼십 단을 이고

시장에 간 우리 엄마

안 오시네, 해는 시든 지 오래

나는 찬밥처럼 방에 담겨

아무리 천천히 숙제를 해도

엄마 안 오시네, 배추잎 같은 발소리 타박타박

안 들리네, 어둡고 무서워

금 간 창틈으로 고요히 빗소리

빈방에 혼자 엎드려 훌쩍거리던

아주 먼 옛날

지금도 내 눈시울을 뜨겁게 하는

그 시절, 내 유년의 윗목

이 시를 읽고 다시 읽다가 왈칵 눈물이 쏟아졌다. 예기치 못했던 일이었다. 눈시울이 뜨거워졌고, 가슴속 강물에 물결이 일렁였다. 올 초였나? 학원 수업 마치고 집에 들어가니 불이 꺼져 있었다. 늘 환하게 불 밝히고 나를 맞이했던 엄마가 없었다. 전화를 수십 통 걸었지만 전원이 계속 꺼져 있었다. 불길했다. 거실을, 마당을, 대문 밖을 수없이 왔다 갔다 했다. 밤 열한 시가 다 되어서야 엄마가 나타났다.

우리 집은 완전 거꾸로야. 맨날 아들이 엄마 걱정해야 돼.

막 잔소리를 퍼붓고 화를 내려는 찰나 엄마가 말없이 나를 포옹했다. 엄마는 어깨를 들썩이며 흐느끼더니 피곤해서 먼저 쉴게, 하고는 집 안으로 들어갔다. 나는 물끄러미 엄마의 뒷모습만 바라보았다. 아마도 그때가……. 눈물을 주체할 수가 없었다.

"무슨 일 있니?"

나도 모르게 울음소리를 흘렀나? 등 뒤에서 H의 목소리가 들려왔다. 방문을 닫아 놓는 걸 깜빡했다. 나는 급히 손등으로 눈물을 훔쳤다. 그러고는 시집을 가슴 쪽으로 숨긴 채 서쪽으로 난 창가로 갔다.

"아, 이게 여기 있었네."

H는 혼잣말을 하더니 종이상자를 들고 나갔다.

시선을 멀리 두고 심호흡을 하며 감정을 가라앉혔다. 손으로 창턱을 짚고 바깥을 바라보았다. 고만고만한 집들의 지붕이 눈에 들어오고, 저 멀리 검푸른 산이 보였다. 문득 이 방에서도 노을을 볼 수 있겠다는 생각에 잠깐 마음이 편안해졌다. 오늘 서쪽 하늘에 샛별이 뜬다면 금상첨화겠다. 후덥지근한 8월의 바람 한 줄기가 불어왔다.

이삿짐 정리를 대충 끝냈을 때 후드득 비가 들었다. 창밖을 보니 할머니 몇 분이 비설거지하는 모습이 눈에 띄었다. 하얀 골목길에 빗방울 자국이 선명했다.

"점심이 많이 늦었네. 배고프지? 시켜 먹자. 짜장면, 짬뽕?"

비 오는 날, 엄마와 나는 가끔 할머니 집으로 갔다. 할머니는 냉장고에 숙성시켜 놓은 밀가루 반죽으로 수제비를 끓였다. 적당히 매운 고추를 송송 썰어 놓고 부추전도 부쳤다. 전 부치는 소리와 비 내리는 소리가 묘한 조화를 이루었다. 수제비와 부추전을 먹는 동안에도 엄마와 할머니의 수다는 계속되곤 했다. 비는 하염없이 내리고, 할머니는 냉장고에서 동동주를 꺼내 와인 잔에 따라서 엄마와 건배를 했다. 어디선가 수제비와 부추전 냄새가 나는 것 같다.

"짜장면? 짬뽕?"

H는 지속적으로 시도하면 언젠가 내가 말문을 열 거라고 착각하는 걸까. 평소에는 몇 번 묻다 포기했는데 오늘은 좀 끈질겼다.

"짜장면?"

나는 그쯤에서 고개를 끄덕였다.

"좋았어. 그럼 아빠는 짬뽕!"

배달 음식은 삼십 분도 안 되어 도착했다. 나는 짜장면 그릇에 씌워진 랩을 벗긴 뒤 나무젓가락으로 녹색 완두콩을 콕 집어냈다.

"식성이 엄마랑 닮았구나."

그 말이 뭐라고 눈에 눈물이 차올랐다. 내버려 뒀다간 H한테 들킬 것 같아 젓가락을 놓고 자리에서 일어섰다. H는 짬뽕 면을 입에 문 채 멀뚱하게 나를 바라보았다.

나는 방문을 닫고 침대에 누웠다. 앞으로 H하고 어떻게 살아야 할지 막막하기 그지없었다. 나는 철새고, 잠시 이 낯선 곳에 둥지를 틀었을 뿐이다. 언제 마음이 변해 엄마와 함께 살았던 집으로 돌아갈 수도, 할머니 집으로 갈 수도 있다. 어디까지나 그건 내 선택이고, 누구라도 그걸 막을 권한은 없다. 내가 할머니 집에 가지 않은 건 할머니를 보기만 해도 엄마 생각이 날 것 같아서였다. 그리고 또 하나, H를 불편하게 만들고 싶었다. 잘한 선택인지는 여전히 모르겠다.

저물녘, 집을 빠져나왔다. 지나가는 비였는지 어느새 비는 그쳤다. 대기를 가득 채운 흙과 풀의 싱싱하고 비릿한 냄새가 싫지 않았다. 깊이 호흡했다. 코와 목에 덕지덕지 붙은 때가 한 꺼풀 벗겨지는 느낌이었다. 걷는 내내 아까 읽은 시가 떠올랐다. 시 구절을 낭송해 보았다.

안 오시네, 해는 시든 지 오래

나는 찬밥처럼 방에 담겨

아무리 천천히 숙제를 해도

엄마 안 오시네, 배추잎 같은 발소리 타박타박

안 들리네, 어둡고 무서워

내 삶에 시 한 편이 이렇게 깊숙이 박혔던 적은 없었다. 시와 불화했던 나로서는 신선한 경험이었다.

어둠의 농도가 좀 더 짙어지자 귤빛 가로등불이 일제히 골목을 비추었다. 멍하게 기역 자형 골목을 막 돌았을 때였다. 컹컹 컹컹, 난데없이 튀어나오는 소리에 나는 소스라치게 놀랐다. 개 짖는 소리는 연쇄적으로 일어나 밤공기를 찢었다. 욕설로 개를 꾸짖는 할아버지 목소리가 묘한 안도감을 주었다. 나는 살금살금 잽싸게 걸어갔다.

개 짖는 소리가 사라질 즈음 후미진 골목 끝에 식당 하나가 나타났다. 오십 년 전통의 은혜 칼국시. 괴발개발 쓴 듯한 초등학생 수준의 간판 글씨가 인상적이었다. 칼국수는 수제비와 함께 엄마가 유독 좋아하는 음식이었다. 나 역시 그런 음식들이라면 자다가도 벌떡 깨어났다. 점심을 먹다 말아서인지 배가 고팠다. 그간 허기를 모르고 살았다. 허기를 느낀다는 것에 죄책감이 들던 날들이었다. 텔레비전 소리가 들리고, 간간이 달그락달그락 설거지하는 소리가 들렸다.

"국시 한 그륵 말아 주까? 꼬라지가 석 달 열흘은 굶은 거 같구마."

딴생각에 빠졌다가 현실로 돌아왔다. 눈앞에 낯선 할머니가 이상한 눈초리로 나를 요모조모 뜯어보았다.

"여 사램이 아인갑네."

할머니가 쓰는 억센 경상도 사투리가 몹시 이질적으로 다가왔다.

"오늘 장사 접었는데 총각 인상이 하도 좋아서 특별히 말아 주는 기다."

그놈의 인상, 지긋지긋하다. 하지만 그것과 허기는 별개였다. 나도 모르게 식당 안으로 발을 들여놓았다. 대여섯 평쯤 되는 공간에 식탁이 일곱 개. 식탁마다 의자가 네 개씩. 오십 년 세월에 걸맞게 건물 곳곳은 찌든 때와 얼룩으로 도배가 되었다. 차림표를 보니 잔치국수, 손칼국수, 수제비, 수육, 막걸리, 소주 등이 간판과 똑같은 필체로 적혀 있었다.

할머니가 주방으로 가 음식을 장만하기 시작했다. 부리는 사람 없이 혼자 도맡아 하는 모양이었다. 도마에 칼로 뭔가를 써는 소리가 들렸다. 갑자기 피로감이 몰려와 눈을 감고 손바닥으로 얼굴을 비볐다.

아들, 마늘 좀 까 줄래?

엄마는 요리할 때 나를 가만 놔두지 않았다. 마늘을 까면 그다음엔 냉장고에서 달걀을 꺼내 달라는 식이었다. 숙제를 하건 게임을 하건

개의치 않았다. 내가 투덜대는 소리를 무심히 흘리며 요리에 열중하는 엄마 모습이 떠오른다. 가끔은 노래를 흥얼거리기도 했고, 흥겨움에 못 이겨 어깨춤이나 엉덩이춤을 추기도 했는데, 나는 그때마다 엄마를 어이없이 바라보았다. 가끔은 몰래 동영상을 촬영해 할머니한테 보여 주기도 했는데 할머니는 연예인을 시킬 걸 그랬다며 한숨 더 떴다.

"뭐가 그리 좋노?

할머니가 잔치국수와 깍두기, 오이고추, 쌈장을 식탁에 올려놓으며 말했다. 나는 할머니를 쳐다보며 눈빛으로 이유를 물었다.

"히죽히죽 웃고 있길래."

나는 머리를 긁적이는 걸로 대답을 대신했다.

"와 말을 안 하노? 아, 아이다. 말하기 싫을 때가 있제. 시장하긴데 국시부터 무라."

할머니의 배려가 고마웠다. 달걀 지단에 김 가루와 통깨까지, 하얗고 가지런한 면 위를 수놓았다. 무섭게 식욕이 동했다. 내가 쉽게 수저를 들지 못하고 머뭇거리자 할머니는 식당 출입문 옆 벽에 걸린 훌라후프를 들고 밖으로 나갔다. 그러고는 팔짱을 낀 채 훌라후프를 돌렸다. 이 기묘한 광경 앞에 나는 국수를 먹다가 수시로 할머니를 곁눈질했다. 훌라후프 돌리기 대회가 있다면 동네 대표로 나갈 정도의 수준은 되어 보였다. 엄마도 훌라후프 돌리기에 열정을 쏟은 적이 있었다. 한번은 내시경 검사를 받는다고 전날 속을 다 비웠다. 건강 검진을 받고 파리한 얼굴로 돌아온 엄마의 가방에는 약 봉투가 한가득이었다.

"엄마, 죽을병 걸렸어?"

농담치고 수위가 높았고, 순간 아차, 싶었다. 다행히 엄마는 괘념치 않는 것 같았다.

"안타까워서 어쩌니? 벽에 똥칠할 때까지 산다는데."

"으악!"

나는 괴성을 질렀지만 그 말을 듣고 안심했던 기억.

엄마는 건강 적신호를 알리는 수치가 안 좋고, 특히 콜레스테롤 수 치가 너무 높아 특단의 조치를 취한다고 밝혔다. 그러면서 복부 마사 지가 배의 내장 지방을 빼는 데 탁월한 효과가 있다는 이유로 지압 돌 기가 있는 훌라후프를 장만했다. 엄마는 틈날 때마다 이마에 땀이 송 골송골 맺히도록 훌라후프를 돌렸다. 그렇게 일주일 정도 바짝 하더 니 점점 뜸해졌다. 어디서 얻은 정보인지 고지방을 많이 먹으면 에스 트로겐의 과다 분비로 인해 여성 유방암의 원인이 된다고 피력하며 필사적으로 매달렸던 식단 관리도 허술해졌다. 동화책 삽화 마감 때 문이었다. 엄마는 다시 밤샘 작업을 하고 아침이 되어서야 잠을 자고 느지막이 일어나 아점을 먹고 다시 작업하는 일상으로 돌아갔다. 훌 라후프는 방치되었다. 엄마는 의지박약에 귀찮고 바쁘다는 이유로 건 강 검진을 미루기만 했다.

"와, 맛이 밸로가?"

나는 말이 안 나와서 고개를 저었다.

"묵을 거 앞에 두고 고사 지내나. 식어 뿌믄 푹 퍼지가 맛없다. 얼른 무라."

할머니 말에 코를 박고 국수를 먹었다. 구수하면서 진한 멸치 육수가 별미였다. 적당하게 맛이 든 깍두기와 아삭아삭 씹히는 오이고추가 식욕을 돋우었다. 허겁지겁 잔치국수 한 그릇을 다 비웠다. 국물까지 말끔하게.

"혹시 니가…… 백이 아들내미가?"

'백'이 H의 이름이라는 걸 뇌가 한 박자 느리게 인지했다. 나는 당혹감을 감추지 못하고 급히 일어서다가 의자를 넘어뜨렸다. 허둥지둥 의자를 세우고 국수값을 식탁 위에 올려 놓고, 인사를 하는 둥 마는 둥 하고는 그 자리를 벗어났다.

"할매! 밥 도! 아, 퍼뜩퍼뜩! 배고파 미치겠다."

식당 쪽에서 호들갑스럽게 밥을 찾는 여자애의 허스키한 목소리가 들려왔다. 나는 할머니와 손녀가 허물없이 투덕거리는 소리를 뒤로하고 발걸음을 옮겼다. 문득 할머니의 자장가 같은 목소리를 듣고 싶었지만 막상 전화하면 한마디도 못 하고 눈물만 흘릴 것 같아 참았다.

습도가 높은 탓인지 날이 후덥지근했다. 집 가까이 왔을 때는 온몸이 땀으로 흥건했다. H는 뜰에 드럼통을 세워 놓고 뭔가를 태우고 있었다. 종이 타는 냄새였다. 종이상자에 있던 시집인가? 내가 상관할 일은 아니었다. 문득 과거를 불태운다는 건 무슨 의미인지 궁금했다. 불태운다고 없어지나? 가위로 오려 낸 듯 기억에 공백이 생기나? 감정도 함께?

계단을 밟고 2층으로 올라왔다. 스위치를 누르자 번쩍 불이 들어와 어둠을 물리쳤다. 집에 왔지만 집에 온 것 같지 않았다. 전학 간 학교 빈 교실에 혼자 앉아 있는 느낌. 순간 관자놀이에 딱따구리가 기생하는 듯 두통이 일었다.

낯선 곳에서의 첫날 밤, 방에 불을 끄고 침대에 몸을 누였을 때, 노크 소리가 들렸다.

"잠시 어디 좀 다녀올게. 먼저 자."

H는 문을 열지 않고 말했다. 나는 가만히 숨을 죽였다. H가 현관문을 닫는 소리가 들리고 계단을 밟아 내려가는 소리가 들리자 숨겨 둔 시집을 꺼냈다. 고요한 시간에 가슴을 건드리는 시 한 편을 숨 쉬듯 읽어 내려간다.

바람의 집
        -겨울 판화 1

기형도

내 유년 시절 바람이 문풍지를 더듬던 동지의 밤이면 어머니는 내 머리를 당신 무릎에 뉘고 무딘 칼끝으로 시퍼런 무를 깎아 주시곤 하였다. 어머니 무서워요 저 울음 소리, 어머니조차 무서워요. 얘야, 그것은 네 속에서 울리는 소리란다. 네가 크면 너는

이 겨울을 그리워하기 위해 더 큰 소리로 울어야 한다. 자정 지나 앞마당에 은빛 금속처럼 서리가 깔릴 때까지 어머니는 마른 손으로 종잇장 같은 내 배를 자꾸만 쓸어내렸다. 처마 밑 시래기 한줌 부스러짐으로 천천히 등을 돌리던 바람의 한숨. 사위어가는 호롱불 주위로 방 안 가득 풀풀 수십 장 입김이 날리던 밤, 그 작은 소년과 어머니는 지금 어디서 무엇을 할까?

시는 가슴에 작은 냇물을 만든다. 내 속에 존재하는 온갖 감정들을 냇물에 실어 보내자 시가 온몸 구석구석 실핏줄처럼 뻗어 나간다. 마음에 동요가 인다. 시집을 가슴에 'ㅅ' 자 모양으로 엎어 놓고 눈을 감았다. 그때 뭔가 삐걱대는 소리가 들렸다. 갑자기 오래된 집에 혼자 있다는 생각에 무섬증이 일었다. 숨을 죽인 채 가만히 귀를 기울이니 풀벌레 울음소리가 들렸다. 문득 〈이웃집 토토로〉가 생각났다. 마음의 면역력이 바닥일 때 떠오르곤 하는 토토로. 시골집으로 이사를 갔을 때, 메이가 야무진 입으로 외치던 모습이 떠오른다.

"하나도 안 무서워!"

나는 메이의 말을 따라한다.

"하나도 안 무서워!"

창밖을 보니 어느새 하늘은 말갛게 갰다. 별이 총총 떴다. 가장 크고 빛나는 별, 엄마 별을 찾는다.

엄마, 거기 어때?

엄마는 반짝반짝, 나 여기 있다고 빛을 발산한다. 말 안 해도 된다. 그냥 곁에 있어만 준다면. 이제 엄마를 자주 만날 수 있을 거라는 생각에 마음이 놓인다. 무섬증이 사라지고 잠이 몰려온다. 나는 엄마 무릎을 베고 누웠고 엄마는 털 뭉치 같은 손으로 내 가슴을 두드린다. 보드랍게 토닥토닥…….

그날 밤 꿈속에서 트램펄린을 탔다. 내 몸은 붕 떠오르고, 신나게 비행을 즐기다가 거꾸로 떨어지려는 순간 토토로가 기가 막힌 타이밍에 날아와 나를 태웠다. 하늘을 맘껏 날아올랐다. 구름을 뚫고 바람을 가르며 별을 향해. 저 멀리서 엄마가 환하게 웃으며 손짓했다. 새벽녘 잠에서 깨어났을 때, 베갯잇이 젖어 있었다.

숲

시간은 갯벌을 걷는 것처럼 질척이며 흘러갔다. 나에게 던져진 시간의 색감은 탁했고 질감은 거칠었다. 마음은 쉽게 진창이 되었고 살아 내는 건 마른걸레를 쥐어짜듯 힘들고 괴로웠다.

H는 어떤 존재일까. 있는 듯 없는 듯한? 있으나 마나 한? 없는 게 나은? 어쨌거나 불편한 동거는 이어질 테고, 그건 껌 묻은 머리칼처럼 가위로 싹둑 잘라 내면 끝날 성질의 것은 아니었다. 눈에 보이니 어쩔 수 없이 신경이 쓰이고, 신경 쓴다는 걸 의식하는 순간 짜증 나는 일이 반복되었다. 지금 상황에서 가장 적절한 도피처는 학교가 아닐까, 하는 생각마저 들었다. 여름 방학은 참 쓸데없이 길었다. 앞으로 일주일이라는 시간을 어떻게 더 버티나, 한숨이 나왔다.

오늘도 두문불출하다가 사람들이 눈에 띄지 않는 시간대에 집을 나왔다. 담장 너머에 있는 이웃들의 집을 기웃거렸다. 집집마다 규모나 형태가 다른 정원을 가꾸었다. 나는 키가 훌쩍 커 담장 밖으로 팔을 내민 정원수와 눈을 맞추었다. 감나무, 대추나무, 모과나무에 이어 오늘은 석류나무. 자잘한 잎들이 푸른 석류들을 감추고 있었다. 나는 손을 내밀어 알은척했다. 안녕? 그리고 속삭이듯 말을 건넸다.

"니 뭐라고 씨부리고 있노?"

간이 덜컥 내려앉았다. 뒤를 돌아보니 처음 보는 여자애가 나를 유심히 관찰하고 있었다. 십 년 전에 유행했을 법한 체육복을 입었고, 햇볕에 그을린 건지 타고난 건지 피부는 거무스름했고, 얼굴은 너부데데했다. 나보다 큰 덩치에 떡 벌어진 어깨, 굵직한 장딴지…… 역도 선수라고 해도 믿을 만한 다부지고 우람한 체격이었다. 여러모로 독보적인 촌스러움이 묻어났다. 나는 석류를 몰래 따다가 들킨 것처럼 당황했다. 괜한 오해를 사기는 싫었다.

"나 도둑 아니거든."

엉겁결에 재채기하듯 말이 툭 튀어나왔다.

"누가 뭐라 캤나? 와, 도둑이 지 발 저리나?"

무뚝뚝하면서도 날 선 공격이 잇따랐다. 나는 말문이 막혀 밖으로 빠져나가지 못한 열 때문에 얼굴이 홧홧 달아올랐다. 창피해서 서둘러 자리를 벗어났다.

"웃기는 새끼네."

여자애는 자연스럽게 욕설을 구사하며 제 갈 길을 갔다. 나는 무엇에 홀린 듯이 주춤주춤 뒤따라갔다. 여자애의 발걸음이 멈춘 곳은 은혜 칼국시 식당. 훌라후프 돌리던 할머니가 떠올랐다. 그리고 할매! 밥 도! 아, 퍼뜩퍼뜩! 배고파 미치겠다, 귀청을 때리던 허스키한 목소리가 환청처럼 들렸다. 훌라후프 할머니 손녀? 그럴 가능성이 농후했다. 나는 도둑고양이처럼 잽싸게 골목을 벗어나 이곳저곳 쏘다녔다.

이튿날부터 동네 바깥으로 눈을 돌리기 시작했다. 어떤 길을 선택하든 읍내를 한 바퀴 도는데 보통 걸음으로 세 시간 정도면 족했다. 걷다가 힘들면 그늘에 앉아 쉬고, 호흡을 고르며 시집을 꺼내 읽었다. 시는 읽을 때마다 맛이 조금씩 달라졌다. 처음에 아리송하던 것도 고개를 끄덕이게 되고 의미가 한 층 깊어지기도 했다. 내 마음 내키는 대로 시를 받아들였고 시인의 의도를 파악하려고 애쓰지 않았다. 어떨 때는 시를 감싼 분위기가, 어떨 때는 시 한 구절이 마음을 사로잡고 가슴을 두드리며 위로했다. 시는 가습기 기능도 갖추고 있어 메마른 가슴에 가랑비를 뿌리고 적절한 습도를 유지해 주었다.

한번은 갈림길에서 가 보지 않은 길을 선택해 한참을 걸어가는데, 느닷없이 숲이 나타났다. 꽤 울창했다. '숲'이라는 말을 천천히 발음해 보았다. 숲, 숲, 숲. 바람과 풀 냄새가 나는 것 같았다. 자연 그대로의 원시적인 멋이 살아 있어 더없이 좋았다. 때죽나무와 쪽동백나무와 나도밤나무와 당단풍나무와 참나무와 느티나무가 어깨동무를 하고 녹음을 만들었다. 한여름인데도 서늘한 기운이 감돌았고 나는 처음 만난 숲에 매료되었다.

잠시 걸음을 멈추고 눈을 감는다. 바람에 나뭇잎이 부딪쳐 서걱대는 소리가 들린다. 매미 소리가 들린다. 화음을 맞추듯 직박구리와 뻐꾸기 울음소리가 들린다. 감았던 눈을 뜬다. 나비가 날다 말다 멈추다 다시 난다. 이 숲은 이름이 있을까. 어느 시인의 말처럼 이름을 불러 주면 숲이 나한테 빛깔과 향기가 있는 꽃이 될 수 있을까.

이크! 에크!

뜬금없이 어딘가에서 희한한 기합 소리가 들려왔다. 소리의 진원지를 찾기 위해 걸어가며 여기저기를 두리번거렸다. 숲속 작은 공터에 누군가가 후드 티를 입은 채 괴상한 춤을 추는 모습이 포착됐다. 말로만 듣던 태극권이나 택견 같았다. 나도 모르게 한 걸음 한 걸음 가까이 다가갔지만 후드 티는 무술을 연마하는 데 여념이 없었다.

내가 몸에 상처를 입거나 멍드는 날이 생기고 그게 친구의 괴롭힘이라는 사실을 알게 된 엄마는 근심이 늘었다. 며칠 뒤, 나를 데리고 태권도 도장에 갔다. 관장은 의욕이 과했는데 엄마는 그게 맘에 들었는지 내 의사도 물어보지 않고 카드로 수강료부터 결제했다. 나는 태권도 도장에 던져졌다. 관장은 정신 교육과 안전 교육을 시켰고, 기본 동작을 시범 보였다. 나는 정말이지 눈앞이 깜깜했다. 한 시간이 어떻게 지났는지 몰랐다. 집에 돌아가자마자 방문을 잠그고 단식 투쟁에 들어갔다. 엄마는 그걸 가장 두려워했다. 투쟁 하루 만에 승리를 거머쥐었다. 내가 아니라 엄마가. 그날 밤, 엄마가 기도하는 소리를 들었다. '차라리 겸이 대신 저를 아프게 해 주세요.'라는 말을 듣는 순간 엄마의 슬픔이 얼마나 큰지 알아 버렸다. 당장 이튿날부터 도장에 다녔고 이를 악물고 띠 색깔을 바꾸어 나갔다. 검은띠를 땄을 때 케이크를 사 놓고 파티도 했다. 하지만 태권도는 나를 보호하지 못했고 결국 공부를 핑계로 그만두고 말았다.

골똘히 생각에 잠긴 와중에 후드 티는 사라지고 없었다. 가운뎃길로 숲을 관통하자 멀지 않은 곳에 냇물이 흘렀고, 냇물을 가로지르는 다리 건너편에 학교 건물이 덩두렷하게 보였다. 개학하면 다니게 될 학교였다. 저기서 어떤 애들과 선생님을 만나게 될지는 별로 궁금하지 않았고 가슴도 뛰지 않았다.

냇물 쪽으로 다가갔다. 상수원 보호 구역이어서 출입은 금지였다. 벤치에 앉아 흘러가는 냇물을 바라보았다. 청둥오리 몇 마리가 자맥질을 하고 있었다. 냇물은 경사가 급한 곳에서 하얀 포말을 일으키고 유유히 흘러갔다. 멍 때리는 게 치유에 효과가 있다는 말이 농담은 아닌 것 같았다. 시간이 냇물을 따라 흘러갔다. 숲은 시랑 퍽 잘 어울렸다. 벤치에 앉아 시집을 펼쳤다. 눈으로 읽다가 소리 내어 읽어 보았다. 그러다가 문득 고개를 젖히고 하늘을 바라보았다. 하늘이 이렇게 넓고 크다는 사실이 새삼 놀라웠다. 도시에서 하늘은 레고를 조립해서 만든 듯 각진 모양이었다. 해마다 건물은 늘어났고 하늘의 면적은 좁아졌다. 바람이 불어와 머리칼을 날렸다. 바람도 외로웠나? 내 옷깃을 파고들고 겨드랑이를 간질이고 장난을 걸어왔다. 어쩐지 이곳에 자주 올 것 같은 예감이 들었다.

다음 날부터 숲은 산책의 필수 코스가 되었다. 친구가 된 기념으로 숲한테 이름을 지어 주고 싶었다. 긴 시간 고민 끝에 적당한 이름이 떠올랐다. 삶이 고단해 한숨을 쉬러 오는, 그러다 보면 자연 다시 살아갈 힘이 생기는 숲. 숨을 쉬는 숲, 숨을 쉬게 하는 숲, 숨숲. 왠지 발을 내딛는 순간 숨통이 트일 것 같은 이름이었다. 이름이 생기자 숨숲은 나에게 다가와 꽃이 되었다. 숲은 진통제 같아서 생채기투성이의 울퉁불퉁한 현실을 잠시 잊게 해 주었다.

오늘은 숨숲에 가기 전 연필과 노트를 챙겼다. 숨숲을 걷다가 냇물이 보이는 벤치로 갔다. 한참 멍 때리다가 눈앞에 펼쳐진 풍경을 그렸다. 냇물, 청둥오리, 길, 나무, 논밭, 작은 마을, 산, 하늘……. 사각사각 연필 소리가 정겨웠다. 엄마 소리가 들리고 엄마 냄새가 나는 것 같았다. 나는 가슴에 촘촘히 쳐 두었던 빗장을 열어젖혔다. 숨을 길게 들이쉬고 내쉬었다. 기분 좋은 한숨이었다. 그림을 그린 뒤에는 빈 공간에 글을 끼적여 보았다. 그냥 마음에 떠오르는 대로, 가감없이.

핀란드 사람들은 자연 속에서 자신을 치유하고 재충전하는 게 중요한 삶의 방법이라고 믿고 있대. 그래서 숲속에 '코티지'라는 오두막을 마련해서 틈날 때마다 한가로운 일상을 즐긴대. 생각만 해도 숨통이 트이는 거 같아. 겸아, 우리도 나중에 그렇게 살자.

엄마가 떠나기 얼마 전에 했던 말. 나는 그때 엄마한테 언제? 그게 가능하긴 해? 하고 묻지 않고 가만 고개를 끄덕였다. 불현듯 숨숲 어딘가에 코티지를 장만해 엄마랑 여유로운 한때를 보낸다면 더할 나위 없이 좋았겠다, 하는 생각이 들었다.

엄마, 세상에 한숨이라는 게 있어 참 다행인 것 같아. 걱정되고 긴장되고 무섭고 불안해서 심장이 조여들 때, 가슴이 답답할 때, 숨을 길게 들이마시고 길게 내쉬고, 다시 한 번……. 그럼 신기하게 불안의 부피와 무게가 줄어들어. 답답한 가슴에 숭숭 구멍이 뚫려. 숨통이 트여.

나는 휴, 휴, 휴, 휴, 휴, 느려 터지게 소리를 내며 숨을 들이쉬고 내쉰다. 문득 휴(休)라는 한자가 실은 의성어가 아닐까, 하는 생각이 든다. 다행이다, 다행이다, 한숨이 있어 다행이다, 이만하기 다행이다, 정말 다행이다, 최면을 건다. 최면에 걸린 채로 세상을 바라본다.

엄마 여기 어때? 풍경 끝내주지 않아? 엄마는 분명 불어오는 바람에 머릿결을 날리면서 연신 좋다, 아 좋다, 정말 좋다, 하고 말했겠지. 여기 있으니까 문득 엄마랑 여행 갔던 경주가 생각난다. 남산을 오르면서 좀비처럼 계속 '물!', '물!' 했던 기억도 나고, 우여곡절 끝에 산 정상에 올라 바람이 땀을 말려 줄 때 세상을 다 가진 것 같은 느낌도 떠오르고, 시장이 반찬인지 실수로 단무지 안 넣고 싼 김밥이 너무 맛있어서 맨 마지막 김밥을 서로 먹으려고 가위바위보까지 했던 기억. 그때 결국 김밥을 먹은 사람은 누구였더라? 기억 안 나는 거 보면 내가 먹은 것 같아. 못 먹었으면 억울해서 평생 기억했을 텐데. 엄마, 보고 싶다.

이크! 에크! 어디선가 또 기합 넣는 소리가 어렴풋이 들려왔다. 그후드 티? 그건 새 소리나 물소리나 바람 소리처럼 숲에 녹아들었다. 숨숲에 있으면 집에 있을 때보다 시간이 몇 배로 빨리 흘렀다.

"또 니가?"

또 그 여자애가 도깨비처럼 출몰해 말을 걸어왔지만 무시했다.

"그냥 지나가라고?"

헐. 독심술하나?

"어."

여자애가 내 속마음을 들은 듯 답했다.

"뭐가?"

나도 모르게 말이 튀어나왔다.

"독심술한다고."

"진짜?"

"니 바보가? 내가 그딴 걸 우찌 하노? 니 얼굴에 다 쓰여 있다, 인마. 니 기분이 어떤지. 여태 그걸 몰랐단 말이가?"

나는 어안이 벙벙해서 잠자코 있었다.

"와 그리 우거지상이고? 니 기분 이해 못 하는 바는 아이지만……."

내 웃는 얼굴에서 그동안 내 감정을 읽어 내는 사람은 엄마와 할머니 말고는 단연코 없었다. 웃는 얼굴이 우거지상이라니. 얘 뭐지?

"함부로 말하지 마. 네까짓 게 뭘 안다고 나서? 신경 끄고 꺼져."

"앗! 내가 한 오지랖 해서 실수를. 기분 나빴다면 쏘리."

사과를 참 당당하게도 했다.

"참, 그리고 한 가지 확실히 해 두고 싶은 기 있는데."

"뭐?"

"내는 원래부터 있던 토박이 돌, 니는 굴러온 개뼉다귀. 오케바리? 이 숲도 어릴 때부터 쭉 내 놀이터였대이. 그라니까 니가 내 보고 꺼지라 마라 할 자격은 없다, 이 말이다. 알긋나?"

이 여자애랑 말을 하면 할수록 패가 말려드는 느낌이었다. 그건 그렇고 자기 할 말 다 하는 성격이 내심 부러웠다.

"근데 니 말 잘하네. 내는 세상하고 담 쌓은 사람인 줄."

어디까지 가나 가만히 지켜보기로 했다.

"근데 그건 뭐꼬? 그림 그리나? 아님 글 쓰나?"

여자애가 가까이 다가와 노트를 들추어 보려고 했다. 나는 탁, 소리 나게 공책을 덮었다.

"우아, 멋지다. 작가 지망생 뭐 그런 기가?"

여자애가 무턱대고 내 옆에 앉더니 엉덩이를 들이밀고 내 곁으로 다가왔다. 자칫 살이 닿을 뻔했다. 온몸에 솜털이 곤두서는 느낌이었다. 내가 엉거주춤하다가 벌떡 일어서자 여자애도 덩달아 일어났다.

"내는 은혜다. 동산고 1학년 송은혜. 훈련 받으로 학교 갔다가 집에 가는 길에 여서 잠깐 쉬다가 니가 있길래 와 본 기다. 아, 더버 죽겠다. 시원한 팥빙수 한 그릇 원샷하고 싶다."

"안물."

"니가 안 물어도 내가 하고 싶으면 한다. 와, 꼽나?"

나는 등을 돌리고 발걸음을 옮겼다. 도대체가 말이 안 통했다.

"얘기하는 중에 어디 가노. 존나 예의 없고 이기적인 새끼네."

갑자기 얼굴에 열이 뻗쳐 올라왔다.

"야, 자꾸 욕하지 마."

나는 빽 소리를 지르고는 잽싸게 걸어갔다. 그건 그렇고 여름 방학 기간에 학교에서 훈련 받고 오는 운동복 차림의 여자애. 역시 역도 꿈나무인가? 잘못 걸렸다간 뼈도 못 추리겠다. 개망신당하기 전에 피하는 게 상책이다.

어느새 저물녘이었다. 서쪽 하늘에 남았던 흰 구름이 노을빛에 물들어 분홍빛을 띠더니 점점 보랏빛으로 변했다. 몽환적인 느낌의 노을이 만들어 내는 그러데이션이 신비롭기 그지없었다. 노을은 내 얼굴을 물들이고 몸속으로 밀고 들어왔다. 이내 내 가슴도 노을에 물들었다.

집으로 가는 길에 은혜 칼국시 식당이 나왔다. 할머니는 오늘도 가게 앞마당에서 훌라후프 삼매경에 빠진 듯했다. 식당 안을 힐끔 보니 송은혜가 설거지를 하고 있었다. 지름길 같은 게 있나? 축지법을 쓰나? 할머니는 훌라후프 돌리기를 멈추고 식당 안으로 들어갔다. 그러고는 식탁 의자에 앉자마자 주먹으로 무릎을 두드렸다. 마치 벼르고 있었다는 듯 여자애의 잔소리가 이어졌다.

"당장 이 식당도 땔챠 뿌라, 마. 맨날천날 무릎 아프다 캄서 우째 장사를 계속 할라 카노?"

"땔챠 뿌믄 당장 먹고 살 궁리는 있고?"

할머니가 실실 웃으면서 대꾸했다.

"걱정 마라. 할매 안 굶길 자신 있으니까."

"하이고야, 내 늦복 터졌네. 우리 은혜 땜시 호강하겠네, 호강하겠어."

홀라후프 할머니가 걀걀 웃어 댔다. 송은혜가 할머니한테 눈을 흘기며 손에 묻은 물을 뿌렸다. 훈훈한 가족 드라마 한 편을 보는 느낌이 들었다. 묘한 질투심이 일었다.

다음 날도 그다음 날도 숲숲에 들렀다. 내 자리에 앉아 그림을 그리고 글을 썼다. 글은 시이기도 하고 일기이기도 하고 엄마한테 하는 넋두리 편지이기도 했다. 불안했던 마음이 차츰 가라앉았다. 마음속에 흰 구름과 새소리와 물소리와 바람 소리와 햇살을 넣으니 슬픔의 밀도도 차츰 낮아져 갔다. 시는 숲숲처럼 친구이자 삶의 일부가 되었다.

시

등교 첫날부터 비가 왔다. 새벽녘, 빗소리를 들으며 깨어났고, 창문을 열고 줄기차게 내리는 비를 한참 바라보았다. 기분이 축축하게 가라앉았다.

주방으로 가 무심결에 냉장고 문을 열었다. 이웃집 할머니들이 챙겨 준 밑반찬 몇 가지와 콩나물국이 있었다. 혓바늘이 돋고 입맛이 소태같이 써서 밥 생각이 사라졌다. 잠시 망설이다가 우유만 꺼냈다. 컵에 우유를 따르다가 문득 엄마가 떠올랐다. 병원에서 돌아온 엄마가 미음마저 거부하자 할머니가 따뜻하게 데운 우유를 건넸다. 엄마는 까슬까슬한 음성으로 말했다.

엄마, 젖소가 늘 젖이 나오는 소가 아니래. 사람처럼 구 개월 동안 임신을 하고 출산을 해야 한대. 그러니까 강제 임신과 출산을 반복하면서 젖을 생산하고 그 탓에 자연 수명보다 훨씬 빨리 죽는대. 여태

난 그걸 몰랐을까. 그 말 듣고부터는 우유를 못 마시겠어.

나는 개수대에 우유를 쏟아부었다. 며칠 흘린 눈물만큼 생수를 마시고 일찍 집을 나섰다. 6시, H와 마주치는 걸 피할 수 있는 시간.

숨숲을 걷는 동안 한껏 가라앉았던 기분이 살짝 상승했다. 후드득후드득 떨어져 우산에 부딪치는 빗방울 소리가 좋았다. 마치 굳게 닫힌 내 마음의 문에 노크하는 소리 같았다. 언제쯤이면 문이 열리고 건조한 마음은 해갈이 될까. 여기저기 거닐며 시간을 보내다 숲에서 벗어났다. 노인 몇 분이 비옷을 입고 논두렁에서 삽질하는 모습이 눈에 들어왔다. 다리에 서서 아래를 내려다보았다. 흙탕물이 쿨렁쿨렁 흘러갔다. 저 멀리 산 쪽에는 짙은 안개가 끼었다. 산이 꿈틀거리며 입김을 내뿜는 형상 같았다. 잠시 말로 표현할 수 없는 아름다움에 넋을 잃었다. 그리고 어느새 깊이 모를 우울감이 안개처럼 스며들었다. 하루에도 수십 번 감정이 뒤죽박죽이었다.

가만히 서서 학교 본관을 바라보았다. 소박하고 정겨운 느낌을 주는 2층 건물이었다. 도시의 학교 규모와 비교했을 때 건물은 세 배 정도 작았고 운동장은 네 배 정도 컸다. 교문을 통과해 운동장 가장자리를 걸었다. 천천히 호흡을 가다듬었다. 이곳에서도 늘 그랬듯 존재감 없이 투명 인간처럼 지내고 싶었다.

여느 학교 운동장과 마찬가지로 축구 골대, 농구장이 한눈에 들어왔다. 그리고 멀리뛰기나 씨름할 때 사용하는 모래밭, 나무 밑에 놓여 있는 의자들, 나란히 선 철봉, 평행봉……. 어? 근데 저건? 포환던지기 연습장? 그렇다면 송은혜는 역도 선수가 아니라 포환던지기 선수? 뭐 그거나 그거나. 나는 쓸데없는 생각을 흩뜨리려 머리를 흔들었다.

수돗가를 지나 열 걸음쯤 걸어가니 구불텅구불텅한 등나무가 세월의 무게를 딛고 서 있었다. 그 옆에는 수령이 족히 백 년은 넘은 듯한 느티나무가 비를 맞았다. 나무들도 나처럼 아니 나보다 더 슬프고 아픈 날이 있었겠지. 그때 나무들은 어떻게 눈물을 흘렸을까. 참고 참다가 비 오는 날 쏟아 내는 걸까. 그게 비인지 눈물인지 아무도 모르게. 그렇게 한바탕 울고 나면 또 나무는 햇빛에 반짝 빛나겠지. 그런 생각을 하다가 문득 휴대폰의 메모장을 열었다. 그리고 자음과 모음으로 생각을 직조해 나갔다.

우울의 심연 속에 똬리를 틀고 있다가

비 오는 날, 문득

창밖으로 시선을 던진다

나무들, 혼돈의 틈을 타

은밀하고

용의주도하게

눈물을 흘려 보낸다

저 눈물 소진하고 나면

햇살에 반짝, 자체 발광하겠지

그렇다면 나 지금

지체 없이 울어야 할 때

나무처럼 나도 울고 나면 반짝일까? 아직 우는 중이고, 언제 그칠지 미지수지만, 그치고 나면 정말 빛날까? 자신할 수 없었다. 맨 마지막 문장에 줄임표를 넣을지 물음표를 넣을지 한참 고민하다가 미완성인 채로 두었다.

1학년 1반을 향해 텅 빈 복도를 걸어갔다. 각 학년에 세 개 반이 있고, 각 반은 스무 명 남짓한 남녀 합반이라고 했다. 열쇠로 자물통을 열고 사각의 링으로 들어갔다. 아이들이 한 명씩 들어올 때마다 심장은 사정없이 뛰었다.

종이 울렸다. 담임은 여자 선생님이었고 담당 과목은 국어였다. 평범한 인상이었고 말투는 투박하면서도 다정함이 묻어났다.

"인사해야지?"

나는 고개를 꾸벅 숙이고 시선을 내리깔았다.

"그게 다야?"

전학 경험이 몇 번 있지만 매번 적응이 안 됐다. 담임은 나 보기가 딱했는지 "이름은 이겸이고, 사이좋게 지내." 말하고는 빈자리를 가리키며 들어가라고 했다. 내 사전에서 오래전에 말소된 '사이좋게'라는 단어. 설마 그게 가능할까? 나는 그냥 우울의 방에 앉아 말을 걸어도 듣지 않고 손을 내밀어도 잡지 않을 텐데. 웅크린 몸을 풀지 않을 텐데.

"자, 환영하는 의미로 박수!"

담임의 지시에 애들이 박수를 쳤다. 얼굴이 살짝 달아올랐다.

운동장 쪽 창가 자리가 마음에 들었다. 삭막한 교실에서 그나마 하늘과 바람과 나무와 가장 가까운 자리. 때마침 교실 뒷문 열리는 소리가 들렸다. 헉! 은혜 칼국시였다. 쿵쿵 걸어와 피식 웃더니 내 옆에 털썩 앉았다.

"송은혜, 제발 살살. 살살 문 닫고, 살살 앉고. 그러다가 다 박살나겠다. 학교 기물 파손, 변상에 벌점 오 점인 건 알지? 인사 좀 하고!"

"안녕하세요, 샘!"

은혜 칼국시가 쩌렁쩌렁한 목소리로 인사했다. 담임은 미소를 띤 채 눈살을 찌푸렸고, 몇몇 애들은 킥킥댔다. 은혜 칼국시는 눈을 부라리고 주먹을 들이밀며 "뒤진대이." 하고 조용히 윽박질렀다. 애들은 전혀 겁먹지 않았고 외려 그 상황을 즐기는 듯했다.

화장실에 가려고 교실 출입문을 열자 복도 가득 비에 젖은 우산이 펼쳐져 있었다. 빗물을 말리기 위해 펼쳐 놓은 우산들. 마음속에서 뭔가가 꿈틀거렸다. 화장실 좌변기에 걸터앉아 휴대폰을 꺼내 머릿속에 떠오르는 대로 메모했다.

젖었을 땐 말리는 게 상책, 녹 안 슬고 곰팡이 안 피게, 가끔 비

에 젖는 것처럼 하염없이 슬픔에 젖는 날 있음. 그럼 날이 개길
기다림, 파란 하늘, 조각구름, 산들바람, 햇살, 준비되면 말리기
시작, 축축한 마음 보송보송해질 때까지, 축축 가라앉은 마음 활
개 치고 비상……

볼일을 보고 복도로 나오자 장난을 치거나 대화를 나누는 애들이
보였다. 대화 속에 유독 한 단어가 도드라지게 불거져 나와 귀에 콕
박혔다.

조커.

나는 몸을 움츠리고 고개를 숙인 채 교실을 향해 걸어갔다. 현기증
이 일었다. 교실이 아득히 멀게 느껴졌다. 힐끔거리는 애들의 시선이
등에 따갑게 꽂혔다.

1교시 자율 활동 시간에 각종 가정 통신문을 배부 받았지만 가정으
로 가져갈 필요는 없어 보였다. 방과후학교 수업과 자율 학습과 석식
신청서의 학생 학부모 동의란에 동그라미를 표시하고 사인까지 했다.
공부를 빙자해 공식적으로 집으로부터 탈출하고 싶었다.

담임이 나를 앞으로 불러 물었다.

"동아리는 어떤 걸로 할래? 현재 개설된 동아리는 밴드반, 문예반,
도서반, 교지반, 애니반, 과학 실험반이야. 혹시 문예반에 들어오지 않
을래? 다른 반에 들어가려면 담당 선생님들께 허락을 받아야 하는데
문예반은 내 담당이거든. 아, 아니다. 그래도 선택의 기회를 줘야지.

생각해 보고 내일까지 말해 줄래?"

"꼭 가입해야 하는 거예요?"

"그럼, 필수야."

"그냥 문예반 할게요."

문예반에서 어떤 활동을 하겠다는 뜻은 아니었다. 담임과 대화가 길어지는 게, 낯선 선생님과 다시 안면을 터야 한다는 게 성가셨다.

"그럴래? 알았다."

내 자리로 돌아오니 은혜 칼국시가 책을 읽고 있었다. 우주와 관련된 책이었다. 예전 학급에도 수영이나 하키 같은 교기를 하는 애가 있었다. 오전 수업 시간 내내 잠만 자다가 오후에 운동장이나 강당에서 훈련을 받는 아이들. 여러 장벽이 많아 친해지기 어려웠던 아이들. 그런데 독서를 하다니. 그것도 만화책이 아니라 과학 도서를. 놀랠 노자였다. 공부와 운동 두 마리 토끼를 다 잡고 싶은 건가? 연구 대상이었지만 연구자가 되고 싶지는 않았다.

2교시가 시작되었다. 나는 허리를 꼿꼿이 세우고 앉아 졸지 않으려고 애썼다. 책과 노트에 필기도 열심히 하며 모범생 시늉을 냈다. 질문은 하지 않았고, 질문을 받으면 모른다고 하거나 최대한 간단하게 답변했다. 쉬는 시간엔 화장실에 가거나 그렇지 않으면 책상 위에 엎드려 시체처럼 있었다. 그림을 그리거나 글을 쓰고 싶었지만 눈에 띌 것 같아 참았다. 어느새 비는 그쳐 있었다.

2학기 개학 첫날 1, 2학년은 정규 수업만 하고 일찍 마쳤다. 나는 애들이 다 빠져나가고 난 뒤에야 교실에서 나왔다. 물기를 한껏 머금은 숲은 바람을 불러 내 머리와 어깨와 팔뚝에 장난을 걸듯 물방울을 떨어뜨렸다. 숲 향기가 싱그러웠다. 햇살이 나뭇가지와 나뭇잎 틈새를 비집고 들어와 반짝거렸다. 나무들이 한참 울고 났더니 기분이 좋아졌는지 눈부시게 빛을 뿜어냈다. 그게 신호라도 되는 양 나는 휴대폰을 꺼내 메모해 두었던 언어들로 시를 썼다.

비 내리는 날,
복도에 펼쳐진 형형색색의 우산들

그래, 젖었을 땐 말려야 하는 법
녹 안 슬고
곰팡이 안 피고 오래 가려면

가끔 정체불명의 슬픔에 젖는 날이 있어
하염없이 침잠하는 때가

그럴 땐 날이 개길 기다려
파란 하늘에
조각구름 몇 개 떠 있음 좋겠다

순한 햇살 퍼지고 산들바람 불어오면

젖은 마음 토끼의 간처럼 꺼내 놓고

말리는 거지

별주부의 감언이설 따윈 무시하고

낭창하게

때론 낭자하게

시간을 낭비한다고 낭패가 되진 않아

다만 습기가 모조리 휘발되진 않게

슬픔이 너무 건조하진 않게

여운이 사라질 것 같아 마침표는 찍지 않았다. 그러고는 '슬픔 처방전'이라는 제목을 붙여 보았다. 비록 수준 낮고 혼자만의 감상에 지나지 않지만 그럴싸했다. 시는 내 마음이 나에게 전하는 메시지였다.

슬픔도 학습이 된다. 계속 슬퍼하다 보면 슬프기 위해 태어난 것 같은 착각에 빠진다. 슬픔은 나를 잠식했고 나는 슬픔으로 뭉친 고체가 된 기분이었다. 가끔 이게 아닌데 싶어 기운을 내다가도 시시포스의 계단처럼 도로 슬픔의 구렁텅이와 무기력의 수렁 속에 반복적으로 빠져 버렸다. 내 삶은 무기한 비활성화 상태에 돌입했다. 여전히 사물을 볼 때마다 엄마와 함께했던 기억들이 수면 위로 자맥질하듯 떠올라 나를 괴롭혔다. 어쩌면 그건 늪인지 모른다. 허우적댈수록 빠져나오기 힘들 거라는 걸 안다. 이제 젖은 마음을 조금씩 말리고 싶다. 시를 쓰고 보니 기분이 한결 나아졌다. 살면서 느껴 보지 못한 감정이었다.

어느새 집 앞이었다. 그새 1층은 후줄근했던 외관이 제법 말끔해 졌다. H는 1층에 상주하다시피 했다. 망치 두드리는 소리와 전동 드라이버 돌리는 소리가 요란했다. 이웃 사람들은 지나다니며, 아널드 할아버지는 직접 일을 거들며, 훈수를 두었다. 어떤 날은 가구와 전자 제품이 들어왔고, 어떤 날은 책들이 들어왔고, 또 어떤 날은 살림 도구 같은 게 들어와 제자리를 잡았다. 가끔 H는 1층에서 쪽잠을 자기도 했는데, 나야 편하고 좋았다. 시간이 흐르고 입간판에 캘리그라피로 쓴 듯한 글자를 보고서야 이 공간의 정체를 알게 되었다.

카페 빈둥.

H의 개똥철학이 담긴 간판 같았다. 평생 빈둥거리더니, 언행일치의 끝판왕이었다. 속이 배배 꼬였다. 나는 아무도 몰래 키 작은 간판을 발로 툭 찼다. 간판은 맥없이 고꾸라졌다. 바로 세울 마음은 당연히 없었다.

H가 자리를 비운 틈에 카페 내부를 힐끔거렸다. 북카페 같았다. 여행 관련 책과 시집. 어? 저 시집은 이사 온 날 봤던? 그럼 그날 태운 건 시집이 아니었던 건가. 묘한 안도감이 들었다.

다음 날도 꼭두새벽에 일어났다. 알람 설정을 하지 않았지만 저절로 눈이 떠졌다. 그 시간이 좋았다. 세상은 아직 잠든 고요하고 맑은 샘 같은 시간. 나는 엄마 의자에 앉아 그 소중한 시간을 아끼며 보냈다.

물 한 잔 마시고 서둘러 가방을 챙겼다. 1층으로 내려와 보니 어쩐 일로 카페 문이 열려 있었다. H는 카페 앞뜰에서 무언가 골똘히 구상 중에 있었다.

"커피를 팔아 볼까 해."

그러든가 말든가. 나는 H의 말을 한 귀로 흘리고 시큰둥한 고양이 처럼 지나쳤다.

"앞으로 아침 먹고 가. 입맛 없으면 토스트 구워 줄게. 생과일주스 도 갈아 주고."

아침을 먹고 안 먹고는 내 자유고, H가 만든 음식으로 하루의 시작 을 망치고 싶지 않은 게 솔직한 심정이었다.

H하고는 여전히 대화의 창을 닫고 살았다. 언감생심, H와의 화해라 니. 톰과 제리가 평화 조약을 체결하는 것마냥 요원하게 느껴졌다. H 에게 나에 관한 한 모든 걸 포기하라고 쐐기를 박고 싶었다. 이 정도 로 만족할 줄 알라는 말도 고명처럼 곁들이고 싶었다. 내 일상의 지분 은 엄마가 대부분이었고, 엄마와 나 사이에 H가 끼어들 틈은 전무후 무할 터였다.

골목을 꺾어 돌고 이웃집 정원수들과 밀담을 나누면서 은혜 칼국 시 식당까지 갔다. 문득 식당 안에 불이 들어오더니 주변을 환하게 깨 웠다. 할머니가 식당 밖으로 나와 훌라후프 돌리기로 하루를 시작했 다. 할머니에게 훌라후프는 무슨 의미일까. 우리 할머니가 습관처럼 돌리는 염주 같은 걸까.

오늘도 활짝 열린 교문을 통과했다. 마음에 평화가 깃드는 시간이었다. 운동장 가장자리를 돌다가 철봉에 매달렸다. 엄마랑 집 근처 초등학교에 운동하러 갔던 기억이 났다. 엄마는 철봉에 턱걸이를 하려고 용을 쓰다가 방귀가 터졌고, 그 바람에 얼굴이 홍당무가 되었다. 엄마는 나한테 덤터기를 씌우며 삼십육계 줄행랑을 놓았다. '나 잡아봐라.'라는 유치한 영화 대사를 날리면서. 나는 기꺼이 엄마 소원을 들어주었다. 문득 집으로 돌아가는 길에 사 먹었던 붕어빵 냄새가 나는 것 같았다.

턱걸이를 하나, 둘, 셋, 하고 포기했다. 아침을 건너뛰어서인지 기운이 빠졌다. 발걸음을 옮기려고 뒤돌아섰다가 심장이 쿵 떨어질 뻔했다. 코앞에 은혜 칼국시가 팔짱을 낀 채 서 있었다.

"아, 씨! 너 뭐냐?"

꼭 스토커처럼 괴롭히는 것 같아 짜증이 치밀었다.

"와 따라댕기면서 귀찮게 하냐꼬?"

역시 독심술을 하는 게 확실하다.

"누가 할 소리! 원래 이 시간은 내 시간이었다, 인마."

나는 무슨 말을 하느냐는 듯 빤히 쳐다보았다.

"니 오기 전부터 내가 이 시간에 와 가 운동장 돌았다고. 지금도 마찬가지고. 그라니까 우연이라꼬. 착각하지 말라꼬. 내 니 별로거든!"

더 이상 엮이기 싫어 그냥 지나쳤다. 은혜 칼국시는 "뭐 저런 싸가지 없는 새끼가 다 있노."라며 혼잣말을 다 들리게 쏟아 냈다. 그러고는 내 어깨를 툭 치며 너무도 당당하게 앞서 걸어갔다. 나는 휘청거렸고 주저앉을 뻔하다가 간신히 중심을 잡았다. 씩씩대며 계단을 올라가다가 달팽이를 발견했다. 바닥을 보지 않았다면 본의 아니게 귀한 생명을 앗을 뻔했다. 달팽이는 촉각을 곤두세우고 혼자 느릿느릿 기어가다가 화단 쪽으로 방향을 잡았다. 시간은 상대적인 거다. 달팽이의 시간은 이렇게 흐르는 거다. 그동안 쫓기듯 살아왔는데, 그게 버거워 숨 막히고 우울한 적 많은데, 달팽이한테 한 수 배운다. 수업료는 달팽이가 무사히 목적지에 당도할 때까지 보디가드 하는 거. 시상이 물거품처럼 보글보글 피어오른다. 터져 사라지기 전에 붙잡아야 한다. 계단에 앉아 얼른 휴대폰 메모장을 열었다.

문득 혼자라는 게 생각보다 괜찮다는 생각이 들었다. 언제인가부터 외로움이 평생 그림자처럼 따라다닐 것 같은 예감이 들었다. 받아들이기로 했다. 그러지 않고 다른 방도가 없었다는 말이 옳겠다. 내 경험에 의하면 외톨이는 쉽게 누군가의 표적이 된다. 나는 부딪치고 뜯기고 깨지고 뺏기고 그래서 상처받지 않으려고 일부러 혼자만 있는 시간을 찾아 헤매고 숨었다. 제일 먼저 학교에 오고, 쉬는 시간이 아니라 수업 중에 화장실을 이용하고, 급식을 가급적 맨 마지막에 서둘러 먹은 건 그런 이유에서였다. 수학여행이나 야영 같은 단체 활동에 치를 떨었다. 공동체 의식 함양이라는 허울 좋은 명분은 피를 말리게 했다. 엄마는 학교에서 측정한 내 사회성 지수에 지대한 관심을 보였다. 틈만 나면 원만한 교우 관계의 중요성에 대해 피력했다.

"난 혼자가 편해."

엄마가 대답할 말을 찾지 못하고 난감해했던 걸 기억한다. 그때 엄마가 내 눈을 피하며 했던 말을 또렷이 기억한다.

"혼자라도 편하면 됐지, 뭐."

그렇지 뭐. 나는 자발적 외톨이였고 이제 그건 목이 늘어진 티나 삼선슬리퍼처럼 익숙하다. 마치 외로움과 일심동체가 된 기분. 나는 외로움과 시와 함께 동거를 시작했다. 혼자가 아니었다면 시가 나에게 다가왔을까? 내가 시를 맞이했을까?

산책

숲숲을 지나는데 마침 나뭇잎 하나가 나풀거리며 내 얼굴을 스치듯 떨어졌다. 자세를 낮추고 낙엽을 주웠다. 노랗게 단풍 든 나뭇잎이었다. 어느새 가을이었다.

너무도 당연시했는데 아침이 오고 계절이 바뀐다는 게 실로 놀라운 일이라는 걸 깨닫는다. 언제인가부터 공기가 달라졌다. 결코 권좌에서 물러서지 않겠다는 의지로 활활 불타올랐던 여름은 이빨 빠진 호랑이처럼 눈에 띄게 실력 행사가 줄었다. 계절이 바뀌는 동안 나는 어떻게 변했나. 무얼 했나. 진실의 벽 앞에 넋 놓고 서 있는 자신을 발견한다.

교정에도 가을이 번지고 있었다. 운동장 가에 있는 은행나무, 느티나무, 플라타너스, 벚나무, 그리고 화단에 있는 단풍나무 잎에 물이 들기 시작했다. 초록과 노랑과 빨강이 공존하는 그래서 더 평화롭고 아름다운 계절. 전에 다니던 학교에도 분명 이런 풍경이 있었을 텐데 딱히 기억에 남는 게 없다.

수업은 다른 학교와 별반 다르지 않았다. 인생에 그다지 유용할 것 같지 않은 내용들을 읽고 쓰고 외우고 계산하고 검사 받고 가끔 발표하는 식이었다. 나는 불미스러운 일을 만들지 않기 위해 무던히 애썼다. 공부하는 척하는 것은 내 보호막이자 방어막이었다. 나도 모르는 사이 마음이 콩밭에 가 있기도 했다. 하지만 담임 수업 시간은 정신을 바짝 차리고 있어야 했다. 눈이 마주치는 아찔한 순간이 많았고 유독 질문이 활발했다.

오늘 수업은 시 단원이었다. 그동안 시 수업에 대한 편견이 있었다. 수업 시간에 배우는 시는 지루하고 난해했다. 표현상의 특징과 주제를 파악하기에 급급했다. 그걸 바탕으로 시험을 봐야 했다. 시는 가슴에 어떤 파문도 남기지 않았다. 하지만 이제 시가 내 속에 살게 되었고 나는 시가 궁금했다.

"자, 일단 교과서 덮고."

애들은 담임이 시키는 대로 했고 나도 눈치껏 따라했다.

"시가 뭘까? 여러분, 도대체 시가 뭘까요?"

"시시한 거요."

"시가 시시하다. 어쩐지 표현이 시적인데?"

"여튼 재미없고 별로예요."

시시껄렁한 대답들이 오가던 중 남자애 하나가 손을 들었다.

"그래, 재민이 말해 볼래?"

"사람의 감정이나 생각을 운율이 있는 언어로 압축하여 표현한 것입니다."

"맞아요. 시란 자고로 그런 거죠. 사전에 기록된 시의 정의에 대해 토씨 하나 안 틀리고 완벽하게 말했어. 교과서에서도 그렇게 배웠고 말이야. 음, 그런데 그게 시의 전부는 아니에요. 제목으로만 이루어진 시도 있고, 문장부호나 숫자나 알파벳이나 도형이나 알 수 없는 기호로만 이루어진 시도 있거든. 대표적으로 천재 시인 이상의 시만 봐도 그렇잖아요. 말 나온 김에 이상의 시 한 편 감상할까요? '거울'이나 '오감도'는 워낙 유명하니까 한번쯤 봤을 거고. 샘이 개인적으로 좋아하는 건 '한개의밤'이라는 시."

담임은 프로젝션 텔레비전에 시를 띄웠다. 음음, 목을 가다듬고 잠시 눈을 감고 감정을 잡았다. 느닷없는 낭송이 당혹스러웠지만 이내 그 속으로 빨려 들어갔다.

한개의밤

이상

여울에서는도도한소리를치며

비류강이흐르고있다.

그수면에아른아른한자색층이어린다.

십이봉봉우리로차단되어

내가서성거리는훨씬후력까지도이미황혼이깃들어있다

으스름한대기를누벼가듯이

지하로지하로숨어버리는하류는검으틱틱한게퍼은싸늘하구나.

십이봉사이로는

빨갛게물든노을이바라보이고

종이울린다.

불행이여

지금강변에황혼의그늘

땅을길게뒤덮고도오히려남을손불행이여

소리날세라신방에창장을치듯

눈을감는자나는보잘것없이낙백한사람.

이젠아주어두워들어왔구나

십이봉사이사이로

하마별이하나둘모여들기시작아닐까

나는그것을보려고하지않았을뿐

차라리초원의어느일점을응시한다.

문을닫은것처럼캄캄한색을띠운채

이제비류강은무겁게도도사려앉는것같고

내육신도천근

주체할도리가없다.

정적이 감도는 교실 안으로 매미 소리만 들려왔다. 유독 '지하', '숨어버리는', '싸늘', '노을', '불행', '어두워' 같은 단어들이 가슴에 박혔다. 그리고 놓칠 수 없는 '별'.

잠시 후 담임이 다시 입을 열었다.

"어때? 띄어쓰기를 완전히 무시한, 이상 시, 이상하지? 무슨 말인지 알겠어요? 한 번 듣고 모르겠죠? 어쨌든 지금은 그게 중요한 게 아니고. 한마디로 시의 정의가 사람마다 다를 수 있다는 거."

담임은 존댓말과 반말을 적절히 섞으며 아이들 눈을 하나하나 맞추었다. 그러다가 시선이 어느 한 지점에 머물렀는데 나는 반사적으로 고개를 떨어뜨리고 말았다. 심장이 쿵쾅거렸다. 어쩐지 나를 지목할 것 같았고, 예상은 빗나가지 않았다.

"겸이, 전학 신고식 해야지? 앞에 나와서 춤을 출래, 노래를 부를래, 아니면 시가 뭐라고 생각하는지 말해 줄래? 재민이가 말했던 거 말고 네가 생각하는 시 말이야."

내가 생각하는 시? 우연한 기회에 시를 접했고 요즘은 시를 읽고 끼적이고 있다. 하지만 시가 무엇인가에 대해서는 생각해 본 적이 없다. 그냥 생각해 본 적 없다고 할까, 갈등하다가 타이밍을 놓쳤고 말을 할 듯 말 듯 머뭇거렸다. 담임은 재촉하지 않았다. 나는 더듬더듬 말을 이었다.

"시가 뭔지는…… 잘 모르겠고, 암튼 시를 쓴다는 건 세상 여기저기 흩어져 있는 시 조각들을 찾아 줍는 일 같아요. 꼭 보물찾기처럼. 다른 점은 시라는 보물은 셀 수 없을 만큼 많고 제각각 다른 꼴과 빛깔을 지니고 있다는 거. 누구든 마음을 먹고 마음을 열면 언제든 어떻게든 찾을 수 있다는 거……."

내 입에서 꼭 뜬구름 잡는 것 같은 말이 흘러나왔다. 애들은 무슨 개 풀 뜯어 먹는 소리야, 하는 반응을 보였지만 담임은 달랐다.

"오! 뭔가 그럴싸한데. 나름의 철학이 담긴 것 같아요. 시의 마음을 가지고 세상을 보면 시 아닌 게 없다, 고로 온 우주의 삼라만상이 다 시다, 뭐 이런? 시는 보물덩어리고, 갑자기 샘은 그걸 많이 가진 시인이 참 부럽고. 겸이한테 오늘 한 수 배우네."

나는 고개를 숙였다. 어떤 식으로든 주목받는 건 사양하고 싶었다.

담임은 시에 대한 이론적인 내용은 과감하게 생략했다. 그러면서 그동안 담임이 읽고 감동을 느꼈던 시를 한 편씩 소개했다.

바다와 나비

김기림

아무도 그에게 수심水深을 일러 준 일이 없기에

흰나비는 도무지 바다가 무섭지 않다.

청靑무우 밭인가 해서 내려갔다가는

어린 날개가 물결에 절어서

공주公主처럼 지쳐서 돌아온다.

삼월三月 달 바다가 꽃이 피지 않아서 서글픈

나비 허리에 새파란 초생달이 시리다.

　김기림의 시가 소개되었을 때는 늑골이 뻐근하고 가슴이 저릿했다. 이런 게 시에서 흔히 말하는 감정 이입인가. 엄마가 곁에 있을 때 세상 무서운 줄 모르고 살다가, 엄마가 떠난 뒤 낯선 곳까지 와 이리저리 헤매는 흰나비 같은 나. 날개도 마음도 나달나달해진…….

　어느새 나는 수업에 동참하고 있었다. 담임은 몇 편의 시를 더 소개하며 시의 힘이 실로 대단하다고 설파했다.

　"헐, 시 그까짓 게 뭐라고 힘이 있어요? 이두박근? 삼두박근?"

　재민이라는 애가 못 믿겠다는 듯 퉁명스레 말했다. 호응하는 애는 거의 없었다.

　담임은 식민지 때와 1970년대에 시인들이 동원돼 일제 침략과 군부 독재 정권을 옹호하고 찬양하는 시를 썼다며 시의 영향력에 대해 이야기했다. 애들은 반신반의하는 눈빛으로 경청했다. 한 시간이 훌쩍 지나갔다. 담임은 수업을 마무리하며 다음 차시를 예고했다.

"숲에서 시 쓰고 낭송하는 시간 갖도록 할 거야. 시 쓰는 거 결코 어렵지 않아요. 그냥 쓰고 싶은 걸 쓰면 돼요. 혼자 쓰면서 즐기는 거? 그게 최고죠. 남들이 뭐라 하건 내 맘에 들면 그뿐. 그게 시를 대하는 기본자세라고 봐요."

숲이라면 숨숲을 말하는 건가? 귀가 솔깃했다.

"당연히 수행 평가에 반영되는 거고."

"아, 저딴 거 왜 하나 모르겠네. 시 쓴다고 돈이 나와, 밥이 나와."

재민이라는 애가 입바람으로 앞머리를 날리며 투덜거렸다. 까칠함과 반항기와 싸가지 없음이 기본 탑재된 녀석 같았다. 그런 애를 담임은 능수능란하게 다루었다.

"박재민, 혼잣말을 다 들리게 하면 어떡하니? 선생님이 네 허락 맡고 평가해야 해? 싫으면 관둬. 수행 평가 반영 비율 꽤 높으니까 알아서 하라고."

"시인 될 거도 아니잖아요. 1학기 때 수행 때문에 1등급 놓쳤단 말이에요. 차라리 시 외우기 해요!"

성적에 목숨 거는 애한테 느껴지는 익숙한 지겨움에 속이 메슥거렸지만 내색하진 않았다.

"절이 싫으면 중이 떠나는 거라더라. 내 수업이 마음에 안 들면 참여 안 해도 좋아. 안 말려. 그리고 경고하는데, 수행 평가 할 때마다 딴지 걸면 선생님이 너 학생부 교과 세특에 아주 비협조적이고 소극적이고 비관적이라고 잔뜩 써 줄게. 학종에 아주 큰 도움이 될 거야."

"아, 그러는 게 어디 있어요!"

박재민은 목에 핏대를 세우며 발끈했다.

"너랑 말씨름하는 거 지겹다. 그만!"

담임이 단호하게 일갈하자 박재민은 더 이상 토를 달지 않았다.

담임은 교실 벽에 걸린 달력을 확인하더니 말을 이었다.

"가만, 시간표 보니까 추석 연휴 끝난 다음이 되겠네. 좋은 시 선정해서 나중에 교지에도 싣고 시화도 만들어서 축제 때 전시도 하면 일석삼조는 되겠다. 그러니까 진지하게 임하길 바랍니다. 반장은 연휴끝나고 화요일 점심시간 때, 급식 먹고 한 시까지 교문에 애들 집합시켜서 숲으로 이동할 수 있도록. 숲 입구에서 인원 점검하고 수업 시작할 거니까. 수업 시간 변경해서 블록타임으로 할 거니까 음료나 간식은 알아서 준비."

담임은 끝까지 미소를 유지한 채 교실 밖으로 빠져나갔다. 박재민은 국어책으로 책상을 마구 쳤다. 몇몇 애들이 눈살을 찌푸렸다.

혼자 급식을 먹은 뒤 계속 엎드려 있는 게 숨 막혀 여기저기 두리번거리다가 우연히 도서관을 찾았다. 왜 이제야 이곳을 찾았을까, 싶은 마음이 들 정도로 도서관은 내 존재를 숨기기에 최적화된 장소였다. 햇볕이 잘 드는 창가에 아무 책이나 뽑아 앉으면 마음이 평온했다.

그날 이후 도서관은 나에게 참새의 방앗간 같은 곳이 되었다. 하루라도 가지 않으면 일용할 양식을 해결하지 못한 것처럼 허전했다. 하루는 시집 코너에서 한참을 서성거렸다. 담임이 수업 시간에 언급한 백석 시집을 골라 햇살이 비치는 창가로 갔다. 거기 푹신한 의자가 놓여 있었고 의자가 편히 앉으라고 권해서 앉았다. '모닥불'을 읽고 '남신의주 유동 박시봉방'을 읽고 '국수'를 읽고 '청시'를 읽고 '수라'를 읽고 '고향'을 읽고 '나와 나타샤와 흰 당나귀'를 읽고 '여승'을 읽고 '여우난골족'을 읽고 '흰 바람벽이 있어'를 읽었다.

속삭이듯이 시를 낭송해 본다.

흰 바람벽이 있어

백석

오늘 저녁 이 좁다란 방의 흰 바람벽에

어쩐지 쓸쓸한 것만이 오고 간다

이 흰 바람벽에

희미한 십오촉十五燭 전등이 지치운 불빛을 내어던지고

때글은 다 낡은 무명샤쯔가 어두운 그림자를 쉬이고

그리고 또 달디단 따끈한 감주나 한잔 먹고 싶다고 생각하는

내 가지가지 외로운 생각이 헤매인다

그런데 이것은 또 어인 일인가

이 흰 바람벽에

내 가난한 늙은 어머니가 있다

내 가난한 늙은 어머니가

이렇게 시퍼러둥둥하니 추운 날인데 차디찬 물에 손은 담그고 무이며 배추를 씻고 있다

또 내 사랑하는 사람이 있다

내 사랑하는 어여쁜 사람이

어늬 먼 앞대 조용한 개포가의 나즈막한 집에서

그의 지아비와 마조 앉어 대구국을 끓여놓고 저녁을 먹는다

벌써 어린것도 생겨서 옆에 끼고 저녁을 먹는다

그런데 또 이즈막하야 어늬 사이엔가

이 흰 바람벽엔

내 쓸쓸한 얼골을 쳐다보며

이러한 글자들이 지나간다

- 나는 이 세상에서 가난하고 외롭고 높고 쓸쓸하니 살어가도록 태어났다

그리고 이 세상을 살어가는데

내 가슴은 너무도 많이 뜨거운 것으로 호젓한 것으로

사랑으로 슬픔으로 가득 찬다

그리고 이번에는 나를 위로하는 듯이 나를 울력하는 듯이

눈질을 하며 주먹질을 하며 이런 글자들이 지나간다

- 하눌이 이 세상을 내일 적에 그가 가장 귀해하고 사랑하는 것들은 모두

가난하고 외롭고 높고 쓸쓸하니 그리고 언제나 넘치는 사랑과

슬픔 속에 살도록 만드신 것이다

초생달과 바구지꽃과 짝새와 당나귀가 그러하듯이

그리고 또 '프랑시쓰 쨈'과 도연명陶淵明과 '라이넬 마리아 릴케'

가 그러하듯이

"시를 좋아하나 보구나."

누군가의 목소리가 꿈결처럼 아련하게 들려왔다. 눈길을 돌리니 바로 곁에서 담임이 미소를 짓고 서 있었다. 담임은 날마다 웃는 얼굴이다. 나처럼 원래 그런 얼굴도 아닌데, 어떻게 그게 가능한지 불가사의였다.

"백석 시집이네. 나도 무지 좋아하는 시인. 선생님 고향이 시골이라 그런가 토속적인 분위기도 좋고 따스한 정감도 좋고 메시지는 감동이고. 무엇보다 외모가 샘 스타일이고."

담임은 혼자 히죽대더니 이것도 읽어 볼래, 하면서 김소월, 윤동주, 정지용 시집과 시 선집, 청소년 시집 몇 권을 추천해 주었다.

"도서관 담당 교사 권한으로 겸이한테 특별히 열 권까지 대출해 주는 거야."

고맙습니다, 라는 말 대신 고개만 꾸벅 숙였다.

"그럼 가 봐, 내일 보자."

담임이 손을 흔들며 인사했다. 그러고 보니 내일부터 추석 연휴. 오

늦은 방과후학교 수업도 야간 자율 학습도 없었다.

"추석 잘 쇠세요."

"앗! 맞다. 추석. 기어이 명절이 또 오고야 말았네. 아이고, 내 팔자야. 이번엔 시집가라고 얼마나 달달 볶일지……. 어머! 내가 지금 무슨 망언을. 연휴, 잘 보내. 엄마 아빠랑 맛……."

담임은 인사를 하다 손으로 급히 입을 막았다. 놀란 눈이었다.

"괜찮아요. 안녕히 계세요."

"그, 그래, 안녕."

매년 추석이면 엄마랑 할머니 집에 갔다. 반달, 보름달, 초승달, 별 모양으로 송편을 빚고 솔잎을 넣어 송편을 찌다 보면, 시끌벅적하지 않아도 명절 기분을 느낄 수 있었다. 함께 맛있는 음식을 해 먹고, 산책을 가고, 추석 연휴를 겨냥한 영화를 보고, 카페에 가서 할머니는 홍차라떼, 엄마는 카푸치노, 나는 망고바나나셰이크를 시켜 마시며 영화 별점 평가를 하고, 길바닥에 웃음을 흘리며 집으로 돌아왔다. 멀리 여행을 가기도 했다. 그때마다 H는 자리를 비웠고, 어느 순간 나는 그 사실을 자각하지 못하기도 했다. 앞으로 재량 휴업일까지 합쳐서 총 5일. 휴일이 부담스러운 건 예전엔 없던 일이었다.

터덜터덜 집으로 돌아가는 길에 걸음을 늦추었다. 묵직한 가방에서 백석 시집을 꺼내 다시 읽었다. 혼자 암송을 해 보기도 했다.

초생달과 바구지꽃과 짝새와 당나귀가 그러하듯이

그리고 또 '프랑시쓰 쨈'과 도연명陶淵明과 '라이넬 마리아 릴케'가

그러하듯이

"헐, 니 누구랑 얘기하노? 혹시 귀신 보이나?"

은혜 칼국시랑 또 마주쳤다. 동선이 비슷하다 보니 자주 마주치는 건 불가항력이었다.

"싫으면 니가 이사 가든가."

은혜 칼국시가 톡 쏘아댔다. 누가 뭐랬나? 이번에도 독심술인가? 암만 봐도 사차원! 가만히 있으니까 은혜 칼국시는 한마디 더 했다.

"내는 니 자꾸 마주치는 기 좋은 줄 아나? 절대 아이거든! 솔직히 귀찮아 죽겠거든!"

은혜 칼국시는 속사포를 쏘듯 내뱉고는 팽 돌아섰다. 서둘러 걸어가다가 움푹 팬 바닥 때문에 비틀대다가 가까스로 중심을 잡았다. 그러면서 혼잣말을 내뱉었는데 쌍욕 같았다. 코미디가 따로 없었다. 나도 모르게 웃음이 빵 터졌다. 은혜 칼국시가 나를 빤히 바라보았다. 나는 급히 웃음을 거두었다. 이렇게 웃은 건 엄마가 떠나고 처음이었다. 어쩐지 엄마한테 미안한 일 같았다. 나는 죄책감에 갑자기 울적해졌고, 재빨리 은혜 칼국시를 앞질러 걸었다.

"저기 실성을 했나? 아, 똥 밟은 기분 이거 뭐지?"

은혜 칼국시가 연신 구시렁대는 소리가 내 뒤를 졸졸 따라붙었다. 하지만 숨숲을 거치자 어떤 말도 가슴에 상처를 내지 않았다.

저물녘이었다. 집 근처에서 서성대며 카페 빈둥을 바라보았다. H는 어디 갔는지 보이지 않았다. 카페 안에는 연인으로 보이는 손님이 마주 앉아 있었다. 귀에 익은 골드베르크 변주곡이 잔잔하게 밤공기 속을 파고들었고, 노랗고 은은한 조명등은 마음을 차분하게 가라앉히기에 충분했다. H는 커피를 내리고, 엄마는 카페 안 한쪽 구석에 앉아 H 모습을 스케치하는 상상을 잠시 했다. 갑자기 울컥, 하는 바람에 상상은 오래 지속되지 않았다. 진작 저렇게 할 수 있는 걸 왜 엄마가 떠난 후에 하게 되었는지, 따져 묻고 싶었다. 하지만 여전히 H에게는 욕조차 아깝다는 생각이 들었다.

무심코 옥상으로 올라갔다. 밤하늘을 올려다보았다. 오늘 엄마 별은 구름에 가려 보이지 않았다. 그래도 구름 저편에 엄마가 있다는 걸 안다. 나는 나지막한 목소리로 엄마와 대화를 나누었다. 어느 틈에 풀벌레들이 끼어들어 연주를 해주었다. 밤바람마저 좋았다.

초등학교 6학년 가을 무렵이었다. 외삼촌 가족이랑 산 정상에 있는 오토 캠핑장에 간 적이 있었다. 자고 있는데 엄마가 나를 흔들어 깨웠다. 하루 종일 강행군이어서 몸은 천근만근이었고, 눈꺼풀은 딱풀로 붙인 듯 잘 떨어지지 않았다.

"완전 별 천지야."

짜증을 내며 일어나 텐트 바깥으로 나갔다. 엄마가 내 어깨에 웃옷을 걸쳐 주었다. 엄마가 가리키는 손가락 끝을 향해 고개를 젖히자 내 입에서 탄성이 절로 나왔다. 별이 무더기로 쏟아지는 느낌이었다.

"가만히 귀 기울여 봐."

가만히 귀를 기울이자 풀벌레 울음소리가 천지를 진동했다. 몸의 피로와 마음에 남아 있는 상처를 씻어 내는 소리였다. 그 소리를 휴대폰에 저장했다가 가끔 들었던 기억이 난다. 휴대폰을 몇 번 바꾸는 과정에서 사라져 버린 그 소리가, 그립다.

엄마, 굿나잇.

엄마와 인사를 나누고 계단을 밟아 내려왔다.

방으로 들어와 흔들의자에 앉아 김소월의 시를 읽는다.

개여울

김소월

당신은 무슨 일로

그리합니까?

홀로이 개여울에 주저앉아서

파릇한 풀포기가

돋아나오고

잔물은 봄바람에 헤적일 때에

가도 아주 가지는

않노라시던

그러한 약속이 있었겠지요

날마다 개여울에

나와 앉아서

하염없이 무엇을 생각합니다

가도 아주 가지는

않노라심은

굳이 잊지 말라는 부탁인지요

내 음성이 방 안에서만 맴돌게 낮은 소리로 낭송한다. 입 밖으로 나간 시는 다시 내 귀를 통해 가슴으로 들어온다. 가슴이라는 수면에 잔물결이 인다. 엄마가 했던 말이 수면 위로 떠오른다. 엄마는 홀로 떠나면서까지 홀로 남을 나를 위해 위로의 말을 건넸다.

엄마, 아주 가는 거 아냐. 엄마는 항상 네 마음속에 있어. 잊지 마.

때론 식상한 말이 가슴을 쿵 때릴 때가 있다. 그땐 그런 말이 어디 있냐고, 가면 가는 거지 아주 가지 않는다는 건 개소리라고 소리 지르고 싶은 걸 겨우 참았다. 그런데 지금은 어렴풋이 알 것도 같다. 엄마는 내 마음속에도 있고, 저기 저 밤하늘에도 있으니까.

연휴 첫날, 실컷 늦잠을 자고 대충 아점을 챙겨 먹고, 다시 시집을 읽다가 잠을 잤다. 잠에서 깨어나 보니 오후 네 시경이었다.

머리가 무겁고 몸이 찌뿌둥해 기지개를 켜며 1층으로 내려왔다. H는 가게 앞마당에 바비큐를 준비하고 있었다. 냄새가 콧속을 파고들자마자 침샘이 분비되는 것에 분노 게이지가 급상승했다. 도로 집으로 들어가 가방을 들고 나왔다. 시선집도 한 권 챙겼다. H를 향해 혼자 실컷 드시라고 쏘아 대고 싶었지만 꾹 눌렀다.

"언제까지 말 안 하고 살 작정이냐?"

난 H를 뚫어지게 바라보았다. H도 내 눈을 피하지 않았다. 할 수만 있다면 평생 그러고 싶다고, 그래서 당신 가슴에 비수를 꽂고 싶다고 눈빛으로 말했다. 눈알이 뜨거워지고 튀어나올 것 같았다.

"아니, 내 말은 그러니까⋯⋯."

H는 급히 시선을 피하고 수습하려고 했지만 늦었다. 가슴속에 맺혔던 수많은 말들이 들끓었다. 말들이 걷잡을 수 없이 계속 팽창했고 급기야 터지고 말았다.

"십수 년 동안 나 몰라라 하고 자기 하고 싶은 거 다 하고 돌아다닌 사람이 할 말은 아니라고 생각하는데요. 이제 고작 한 달 지났어요. 그까짓 게 답답하고 힘들어요?"

나는 다분히 힐난조로 말했다.

"미안해. 잘못을 인정한다고 면죄부를 받는 건 아니지만⋯⋯, 늦지 않았다면 지금부터라도⋯⋯."

그따위 형편없는 사과가 나한테 먹힐 거라 생각하나. 난 H의 알량

한 양심선언을 들어줄 용의가 없었다.

"아뇨! 늦었어요. 지금은 엉망진창이 되어 버렸고요. 결코 되돌릴 수 없어요. 그러니까 그냥 이렇게 살아요. 그게 편하고 좋아요. 지금까지 처자식 내팽개치고 무책임하게 살았으면 이 정도 부탁은 들어줄 수 있는 거잖아요."

선택적 함구증을 버리자마자 나는 제법 긴 말을 내뱉었고 그건 시작에 불과했다. H는 내 분노와 원한이 이 정도로 깊을 줄 몰랐다는 듯 망연자실 서 있었다.

"필요할 때 없었잖아요. 운동회 때, 학예회 때, 태권도 단증 딸 때, 입학식 때, 졸업식 때, 내 생일 때! 그때마다 없었다고요. 앨범 뒤져 봐요. 늘 언제나 엄마랑 할머니뿐이었다고요. 어떨 땐 혼자였다고요. 그 기분 알아요? 수영장 워터 슬라이드 밑에서 대기하다가 안아 올려 주는 아빠를 가진 애가 세상에서 제일 부러웠어요. 이제 필요 없는 순간에 나타나서 내 삶을 송두리째 좌지우지하려고요? 법적 보호자라고 마음대로 할 수 있다 착각하지 마요. 내가 지금 이렇게 쥐 죽은 듯이 사는 건……."

H의 호칭을 어떻게 할까 갈등했다. 죽다 깨어나도 아빠라는 말은 못 할 것 같았다.

"그쪽이 좋아서가 아니라 엄마와의 약속을 지키는 것뿐이니까."

H는 '그쪽'이라는 말에 눈빛이 흔들렸다. 내가 바라던 바였다. 엄마를 더 이상 아프게 하고 싶지 않아 마음에도 없는 약속을 했다. 앞으

로 아빠가 우리 겸이 잘 보살펴 주실 거야, 아빠하고 잘 지낼 거지? 하며 손가락을 내밀었을 때 나는 말 없이 손가락을 걸었다. 엄지로 도장을 찍고 복사 동작을 취했다.

"아빠가 어떻게 하면 되겠니? 말해 줄래? 시키는 대로……."

"아빠? 그 말이 그렇게 쉽게 나와요? 자격이 있다고 생각해요? 역겨워. 지난봄 결혼기념일, 엄마가 얼마나 기다린 줄 알아요? 온다고 한 날에 오지는 않고 연락도 안 되고. 아직도 기억나. 암 투병 중에 엄마가 정성껏 준비한 밀푀유나베가 다 졸아들어 냄비가 새까맣게 탄 거. 엄마 속은 더 시커멓게 탔을걸. 하기야 이런 이야기 꺼내 봐야 뭔 소용이겠어. 이제 엄마는 없고 그쪽도 나랑 무관한 사람인데."

H는 목석처럼 서서 내 무자비한 폭격을 고스란히 맞았다. 이웃 사람들이 하나둘씩 몰려왔다. 나를 위한 자리가 아니었던 모양이었다. 어차피 기대도 없었다. 아들이 서빙을 해 주는 단란한 가정의 모습을 기대했다면 꿈 깨라고 말하고 싶었다.

나는 거칠게 가방을 둘러멘 채 걸음을 옮겼다. 질긴 문어를 씹다가 삼키지도 못하고 뱉은 기분이었다. 이 사이에 낀 문어 살점들이 기분을 아주 찜찜하게 했다. 카페는 순식간에 사람들로 붐볐다.

"아이고, 저저저저저 싸가지 좀 봐래이. 아 저래 키우믄 안 된다."

"요새 아이들은 아무도 못 말린다카이. 순딩이처럼 보이더만 잘못 봐도 한참 잘못 봤구마."

"말하는 꼬라지 좀 보소. 사춘긴가 오춘긴가 뭐 그런 기가? 아무리

그캐도 그렇지, 그기 애비한테 할 소리가?"

이곳 사람들 역시 속사정은 간과하고 눈에 보이는 대로 판단했다. 하지만 이상하게도 화가 나지 않았다. 골목을 꺾어 돌자마자 한참을 벽에 기대 섰다. 몇몇 어른들이 자식 농사에 대한 일장 연설을 늘어놓았고, H는 그런 거 아니라고 다 자기 잘못이고 충분히 화낼 만하다며 상황을 수습했다.

"이사할 때 이것저것 도와주셨는데 변변히 대접도 못 해 드린 것 같아서요. 들어가서 편한 데 앉으세요. 술도 고기도 넉넉하게 준비했으니까 맘껏 드시고요."

H는 목청껏 외쳤지만 알맹이가 빠진 듯 힘이 느껴지지 않았다.

나는 발끝에 닿은 작은 돌멩이를 툭 차며 발걸음을 옮겼다. 가슴속에서 수십 미터 파도가 해일처럼 일렁였다. 속이 울렁거리고 뒤에서 누가 탁 치기만 해도 토할 것 같았다. 아까 H와 대면했던 상황이 자꾸 떠올랐다. 나는 벌레를 털어 내듯 세차게 머리를 흔들었다.

정신을 차리고 보니 숲숲에 들어섰고, 숲숲이 끝나는 곳에서 학교 가는 길이 아닌 다른 길로 접어들었다. 용기나 의지 혹은 우연하고는 무관한 충동이 나를 부채질했다. H에 대한 분노와 적의가 어쩌면 만성이 될 것 같은 느낌이 들었다. 한 가닥 지푸라기 같았던 삶의 줄이 아슬아슬해지는 순간이었다.

메아리

얼마 뒤, 십여 가구가 띄엄띄엄 흩어진 작은 마을 어귀에 다다랐다. 오른편으로 저수지가 있었고, 저수지 둑 위에 갈대가 갈바람에 나부꼈다. 어디 갈 데가 있는 것처럼.

갈대야, 갈 데 있니? 난 갈 데 없어 정처 없이 걷는데. 나랑 같이 갈래? 갈대는 스삭스삭 몸을 비비며 갈바람만 탔다.

마을을 에둘러 걸어가자 낯선 이를 경계하는 듯 개들이 짖었다. 나는 목덜미가 서늘해져 잰걸음으로 걸어갔다. 어떤 할머니가 낡은 유모차에 붉은 고추를 싣고 가다가 나에게 무심한 눈길을 던졌다. 마을을 벗어나자 산길이 이어졌고 입구에 암자를 안내하는 작은 이정표가 서 있었다.

이내 오솔길로 접어들었다. 울퉁불퉁 굴곡진 길이 나타났다. 마치 험준한 내 인생길을 보는 것 같아 무거운 한숨을 내쉬었다. 한참 낙엽

쌓인 길을 걷다 발을 잘못 디뎌 미끄러지고 말았다. 주저앉은 김에 숨을 돌리며 시집을 읽었다. 그러다가 멍하니 고개를 돌려 풍경을 바라보았다. 울긋불긋 단풍 든 나무들을 보자 눈이 호강하는 기분도 들었다. 가까이 다가가 보니 멀쩡한 게 거의 없었다. 휴대폰 메모장을 열었다.

벌레 먹고, 구멍 숭숭 뚫리고, 찢기고, 먼지 묻고, 말라비틀어지고, 까만 반점이 박힌 단풍잎, 다 모여 아름다운 단풍을 만듦.

문득 엄마의 삶은 과연 아름다웠을까, 하는 생각이 들었다. 결코 그렇게 보이진 않았지만 판단 주체는 내가 아니라 마땅히 엄마 자신이어야 할 것 같았다.

엄마 인생은 해피엔딩이야.

그땐 엄마가 나 마음 편하라고 그냥 한 말 같았는데, 그게 아닐 수도 있다는 생각이, 처음 들었다. 혹시 지금 엄마를 잃은 고통과 H에 대한 증오로 가득 찬 내 삶에도 고운 단풍이 들 수 있을까. 무심코 질문을 던져 본다.

문자 한 통이 날아왔다. H였다. 갑자기 산이 초미세먼지로 자욱해지는 느낌이었다. 문자 내용을 확인하지 않고 휴대폰 전원을 눌러 H와 이어진 끈을 끊었다. 청설모한테 한눈파는 사이 해가 떨어지고 산에 어둑발이 내렸다.

서둘러 걸음을 뗐다. 산 중턱쯤까지 오자 이마와 등에 땀이 맺혔다. 봉긋 솟은 바위 위로 올라갔다. 할딱대던 숨을 고르고 고개를 드니 읍내와 숨숲과 학교가 한눈에 들어왔다. 약간 두려웠지만 괜히 왔다는 후회는 들지 않았다. 서산마루 쪽을 바라보았다. 주황과 회색과 보라가 뒤섞인 듯한 노을이 너무 아름다워 잠시 넋을 잃고 바라보았다. 저무는 건 외롭고 쓸쓸하고 슬프다고만 생각했다. 엄마는 저물었고 그래서 슬펐는데, 저 노을을 보며 문득 저무는 것도 저렇게 아름다울 수 있구나, 하는 생각이 들었다. 그리고 떠오르는 백석 시의 한 구절.

이 흰 바람벽엔

내 쓸쓸한 얼골을 쳐다보며

이러한 글자들이 지나간다

  - 나는 이 세상에서 가난하고 외롭고 높고 쓸쓸하니 살어가도

록 태어났다

그리고 이 세상을 살어가는데

내 가슴은 너무도 많이 뜨거운 것으로 호젓한 것으로

사랑으로 슬픔으로 가득 찬다

한참 더 걸어가니 눈앞에 노란 불빛이 보였고 이내 작은 암자가 나타났다. 산은 먹물을 뒤집어쓴 듯 어둠에 완전히 포위된 상태였다.

매년 사월 초파일에 할머니랑 다녀 봐서 절이 낯설지는 않았다. 혼

자 암자 주변을 걸어 다녔다. 아궁이 쪽에서 달래를 빼다 박은 삼색 고양이가 늦은 저녁을 먹고 있었다. 나는 방해가 될까 봐 멀찍이 서서 지켜만 보았다.

달래야, 엄마 만난 거야? 왜 꿈에도 안 나타나? 혹시 너 다시 태어난 거니? 너를 닮은 저 고양이, 혹시 달래 너니?

얼마 뒤, 나는 공양간 근처를 어슬렁거렸다. 공양주가 나오더니 물끄러미 나를 바라보았다. 어디서 그런 용기가 났을까. 나는 공양주에게 합장을 하고 대뜸 말했다.

"하룻밤만 재워 주세요. 갈 데가 없어요. 배도…… 많이 고파요."

공양주는 말없이 나를 안내했고, 밥상을 차려 주었다. 잡곡밥에 아욱국, 나물무침, 김, 고추부각, 김치, 겉절이, 콩자반. 나는 마파람에 게 눈 감추듯 먹어 치웠다.

"밥 한 그릇만 더 주시면 안 돼요?"

체면이고 염치고 뭐고 없었다. 두 번째 밥그릇까지 깨끗하게 비우자 포만감에 기분이 푸근해졌다.

나는 상을 치우고 설거지를 했다. 지하수로 입을 헹구고 세수를 하고 발을 씻은 다음 방에 들어갔다. 방은 정갈했고 군불을 지폈는지 방바닥은 따끈따끈했다. 이불을 깔고 드러누웠다. 오늘 하루가 거짓말 같았고, 지금 이 순간도 꼭 꿈을 꾸는 것만 같았다. 몸은 노곤해지고 언뜻언뜻 산을 올라오다 만난 빨간 단풍잎들이 눈앞에 어른거렸다. 여기 오는 길에 만난 함민복 시인의 시가 떠올랐다.

가을

함민복

당신 생각을 켜 놓은 채 잠이 들었습니다

나는 엄마 생각을 발갛게 켜 놓은 채 곯아떨어졌다.

다음 날, 아침 일찍 눈이 떠졌다. 날이 희붐하게 밝아왔다. 한 번도 안 깨고 잡다한 꿈도 꾸지 않고 푹 잤다. 이불을 개고 밖으로 나와 심호흡을 한 뒤 기지개를 켰다. 새 지저귀는 소리와 목탁 두드리는 소리와 염불 소리가 섞여 들려왔다. 아침 공양을 하고, 밥값을 해야 할 것 같아 마당을 쓸었다. 낙엽들을 한데 모으고 자루에 넣었다. 그러고는 할 일이 없어 여기저기 기웃거리다가 무슨 일을 도모하는 것 같은 고양이를 지켜보았다.

"댕 댕 댕 댕."

마침 풍경 소리가 들려왔다. 햇살 가득한 툇마루에 앉아 시집을 펼쳤다. 종이에 어른거리는 나무 그림자에게 시를 읽어 주었다. 그러다가 만난 정호승의 시.

풍경 달다

정호승

운주사 와불님을 뵙고

돌아오는 길에

그대 가슴의 처마 끝에

풍경을 달고 돌아왔다

먼데서 바람 불어와

풍경 소리 들리면

보고 싶은 내 마음이

찾아간 줄 알아라

엄마?

엄마야?

나 보고 싶어 찾아온 거야?

엄마 보고 싶어 못 견딜 땐 여기 오면 되는 거야?

눈물이 핑 돌았다. 소설이나 드라마, 영화 같은 걸 보면 누군가를 애타게 기다리고 그리워하다 환영을 보기도 하던데, 왜 나한테는 그런 일이 일어나지 않을까. 마음이 아릿했다. 풍경 소리가 가슴속에 내려앉아 붉은 상처를 어루만져 주었다. 고요와 평화가 안개처럼 스며들었다.

시집을 한 장 또 한 장 넘겼다. 그러다가 이용악의 시에 내 마음이 사로잡혔다.

그리움

이용악

눈이 오는가 북쪽엔

함박눈 쏟아져 내리는가

험한 벼랑을 굽이굽이 돌아간

백무선白茂線 철길 우에

느릿느릿 밤새어 달리는

화물차의 검은 지붕에

연달린 산과 산 사이

너를 남기고 온

작은 마을에도 복된 눈 내리는가

잉큿병 얼어드는 이러한 밤에

어쩌자고 잠을 깨어

그리운 곳 차마 그리운 곳

눈이 오는가 북쪽엔

함박눈 쏟아져 내리는가

시집을 덮고 고개를 들었다. 바람은 불고 나뭇가지는 흔들리고 낙엽은 눈처럼 내린다. 하늘을 본다. 내 그리운 곳, 저 하늘. 어쩌자고 나는 이곳에 와서 저 파란 하늘을 바라보며 그리운, 차마 그리운 엄마를 애타게 부르고 있는 것인지.

엄마, 엄마가 사는 그곳도 비가 내리고 눈이 오고 바람이 불고 낙엽이 져? 그때마다 내 생각해? 어쩐지 올겨울 함박눈이 쏟아지면 엄마가 몹시 그리울 것 같아.

어느새 해가 중천에 떴다. 이왕 가출한 거 며칠 묵어가고 싶은 생각이 간절했다. 하지만 어젯밤에 가출했던 체면과 염치가 이미 놀아온 상태였다. 점심 공양까지 하고 대웅전에 올라가 합장을 했다. 먹여 주고 재워 주셔서 감사하다고.

돌계단을 내려오다가 문득 뒤를 돌아보니 고양이가 나를 말끄러미 내려다보고 있었다.

안녕.

손을 흔들자 고양이가 휙 고개를 돌리고 가 버렸다. 나뭇잎이 바람에 나부꼈다. 산을 내려가는 내내 낙엽이 우수수 떨어져 새처럼 날아다녔다. 괜스레 눈물이 났다. 갈림길에 산 정상을 안내하는 이정표가 서 있었다. 이대로 집에 돌아가는 게 영 내키지 않아 다시 산길을 밟아 올라갔다.

산길은 가도 가도 끝이 없었다. 땀이 비 오 듯했다. 땀 때문에 눈까지 따가웠다. 입에서 단내가 풀풀 풍겼고 이내 체력은 바닥났다. 그

자리에 퍼더버리고 앉았다가 다시 천근만근인 몸을 일으켜 걸어 올라갔다. 목이 탔다. 계곡물을 손으로 떠 목을 축이고는 다시 발걸음을 떼었다. 학학, 숨을 몰아쉬었다. 해발 몇 천 미터는 될 것 같은 가파른 산길을 올라가다 보니 심장이 찢어질 것처럼 아팠다. 쭈그리고 앉아 땅을 향해 가쁜 숨을 토해 냈다. 이대로 쓰러져 잠들고 싶었다. 힘겹게 고개를 들자 저 멀리 능선과 하늘이 보였다. 반드시 산마루에 가닿고 싶은 욕구가 치솟았다. 얼마간 휴식을 취하고 젖 먹던 힘을 다 짜내 다시 오르기를 몇 차례. 거의 졸도 직전이 되었을 때쯤 산마루에 도달했다.

순간 물속에서 숨을 참다가 물 밖으로 튀어 오른 듯 숨통이 확 트이는 기분이었다. 시원스레 뻗은 산맥들을 보자 가슴이 벅차올랐다. 산 너머에 또 산이 있고 그 너머에 또 산이 있었다. 산의 윤곽선은 점점 옅어지고 어느 지점부터는 하늘인지 산인지 분간을 할 수가 없었다. 하늘은 산이고 산은 하늘이었다. 그리고 그 하늘에 엄마가 있었다. 나는 손나팔을 만들어 목청껏 외쳤다.

"엄마!"

메아리가 퍼져 나갔다. 엄마한테 이 소리가 가 닿을까. 엄마가 풍경 소리로 내 곁에 온다면 난 엄마가 보고 싶을 때 산마루에 올라 엄마를 부르면 되는 걸까. 문득 정채봉이 백두산 천지를 보고 지었다는 시가 떠올랐다.

슬픔 없는 사람이 어디 있으랴

-백두산 천지에서

정채봉

아!

이렇게 웅장한 산도

이렇게 큰 눈물샘을 안고 있다는 것을

이제야 알았습니다

　나는 오늘 산에 올라 산의 일부가 되었고 감추어 두었던 눈물샘을 터뜨리고 말았다. 보는 사람이 없어 소리 내어 맘껏 울었다. 우는 동안 바람이 살갗에 닿았다. 엄마 손길처럼 부드러웠다.

　엄마야? 엄마 여기 있는 거 맞지?

　엄만 언제나 네 곁에 있어, 겸아. 믿어.

　바람을 타고 메아리가 들려오는 듯했다. 나도 모르게 고개를 끄덕 끄덕했다. 엄마가 담요를 덮어 준 듯 등을 감싸고 도는 햇살이 따스했다. 가슴에 모닥불이 타오르는 느낌이었다.

　어느 순간 정신이 번쩍 들었다. 나도 모르게 잠시 졸았던 모양이었다. 여러모로 무모한 산행이었다. 물이나 초콜릿 하나 없이 산에 오르다니. 슬슬 걱정이 온몸을 휘감기 시작했다.

　내리막길은 생각보다 가풀막졌다. 돌부리나 나무뿌리에 걸려 몇 번

자빠질 뻔하다가, 결국 헛발질하는 바람에 미끄러져 엉덩방아를 찧고 말았다. 산 중턱까지 내려왔을 때는 무릎이 시큰거렸고 발바닥도 따끔거렸다. 신발과 양말을 벗어 보니 물집이 잡혔다. 다리에 힘이 풀린 채로 겨우겨우 발걸음을 내디디다가 설상가상으로 발목까지 삐끗했다. 심각하진 않았지만 그래도 낭패였다.

나는 기진맥진한 상태로 그 자리에 주저앉았다. 어디선가 꽃향기가 진하게 밀려왔다. 고개를 돌리니 산국과 쑥부쟁이와 구절초가 지천이었다. 꿀벌들이 붕붕거리며 분주하게 날갯짓을 했다. 이국에서 우연히 이웃을 만난 것처럼 반가웠다. 하지만 그것도 잠시 다시 산이 두려워지기 시작했다. 멧돼지와 맞닥뜨리게 되면 어떡하지? 아까 올라오다가 멧돼지와 만났을 때 요령이 적힌 현수막을 본 것도 같았다.

엄마, 곁에 있는 거지?

엄마를 불렀지만 공포가 가시지는 않았다.

빼곡한 침엽수에 가려 하늘이 보이지 않아서인지 산속에 완전히 갇힌 느낌이었다. 시간이 부지불식간에 흘러갔다. 엉거주춤 일어서서 절뚝절뚝 다시 내려갔다. 갈림길까지 오자 도저히 더 이상 버틸 자신이 없었다. 갈수록 통증은 심해졌고, 한 발짝도 내디디기 힘들었다. 배는 밥 달라고 요동치고, 수중에 먹을 거라고는 아무것도 없었다. 현기증까지 일어 소나무에 머리를 기댄 채 눈을 감았다. 한참 그 상태로 있었다. 어디선가 나뭇가지 부딪는 소리가 들렸지만 바람 때문이려니 했다. 그 순간이었다.

"휘이!"

누군가가 내 등을 치며 소리쳤다. 목이 확 꺾이며 깜짝 놀라 깨어났지만 여전히 비몽사몽이었다. 주위를 두리번거렸지만 아무도 없었다. 문득 학원에서 밤늦게 돌아오다가 편의점에 들러 컵라면을 사 먹고 나왔을 때 일이 생생하게 떠올랐다. 엄마가 무방비 상태인 나를 뒤에서 급습했고 나는 간이 떨어지는 줄 알았다.

"엄마?"

"오야, 내가 니 엄마다."

갑자기 내 앞으로 뭔가가 둑 뛰어나왔다. 실마 멧돼지? 아니면 지리산 반달곰? 심장이 펄떡펄떡 뛰었다. 슬며시 눈알을 굴려 정체를 확인하고는 가슴을 쓸어내렸다.

"야!"

안도의 한숨과 함께 와락 짜증이 솟구쳤다. 은혜 칼국시는 무안한 얼굴을 한 채 사과했지만 따지고 보면 나한테 구세주나 마찬가지였다.

"근데 니 여서 뭐 하는 기고?"

"넌 도대체 뭐냐?"

나도 모르게 목소리가 뾰족하게 나왔다.

"내? 여는 내 훈련 코슨데. 감독님이 추석 연휴 기간에 처묵처묵만 하지 말고 훈련 착실히 하라 캐서. 내가 한 모범 하잖아. 얼마 안 있으면 전국 체전도 있고 해서 겸사겸사."

"아, 그러서."

"이번엔 니 차례."

"뭐가?"

"귓구녕이 맥혔나? 여서 뭐 하냐고 물었다아이가!"

"알 거 없어."

"딱 보이, 가출 소년이 집에 들어가기는 싫고 갈 데는 없고, 그래서 산에 갔다가 내려오는 길에 발목 접질리고 멧돼지 나타날까 두려움에 발발 떨고 있는 시추에이션?"

얘가 정말 신이 들렸나. 어떻게 단박에 모든 걸 꿰뚫어 볼 수가 있지?

"아니거든!"

"아님 말고. 뭘 그렇게까지 열을 올리노. 더 의심되게. 지금 니 몰골이 어떤 줄 아나? 난리 통에 개우 살아남아 몇 날 매칠 굶주리고 그래가 눈에 뵈는 기 없는 전쟁 고아 겉다."

나는 빽, 소리를 지를 힘도 부족했다. 찬찬히 눈을 내리깔고 내 모습을 살펴보았다. 흙과 티끌이 옷에 묻었고 손과 팔다리에 생채기가 났다.

"인간아, 인간아, 니 때매 지금 동네 난리 난 거도 모루제? 당근 모루겠지. 이 철딱서니 똥멍청아."

"뭐래."

"근데 걱정 마라. 좀 전에 니 졸고 있는 거 보고 할매한테 전화했으니까. 실종 신고하기 직전이었다 카더라, 인마."

"아, 진짜. 왜 시키지도 않은 짓을 해!"

목청껏 소리를 지른다고 질렀지만 마음 같지 않았다.

"지금 성질 낼 상황이 아인 거 겉은데?"

"네 도움 같은 거 필요 없어."

"픽이나. 니 발목 부었다. 그 정도면 엄청시리 아풀 낀데. 게다가 여는 수시로 멧돼지가 출몰하는 곳이다. 인마. 작년에 어떤 사람 멧돼지한테 당해서 목숨까지 잃을 뻔했던 거, 우리 읍내 신문에 나왔다 아이가. 못 믿겄으면 인터넷에 검색해 보든가."

"안 무서워."

나는 살짝 졸았지만 침착하게 말했다.

"과연 그럴까?"

은혜 칼국시는 농담을 툭툭 던지듯 천연덕스럽게 말했다. 묘하게 기분이 나빴다.

"업혀!"

"헐!"

"재주 있으믄 혼자 걸어가시든가. 내는 아쉬울 거 일도 없으니까. 참고로 산에는 무지막지하게 해가 일찍 지 뿌고 금방 캄캄해진단다, 아가야."

그 말을 남기고 은혜 칼국시는 망설임 없이 혼자 걸어갔다. 나는 이를 앙다물고 일어섰다가 곧바로 픽 주저앉았다. 입에서 절로 비명이 터져 나왔다. 은혜 칼국시가 다가오더니 바둑판보다 넓은 등판을 내밀며 말했다.

"내 등 내준 사람 니뿐이다. 그렇다꼬 책임지란 소리는 안 할 테니까 걱정 붙들어 매고."

저 능청은 과외로 배웠는지 타고난 건지 궁금했다.

"대신 비밀로 해 줘."

나는 모기만 한 소리로 말했다.

"부탁하는 주제에 와 이리 바라는 기 많고 태도는 우찌 요래 오만방자하노? 글쎄, 니 하는 거 봐서."

나는 괜히 긁어 부스럼 만들까 봐 성질을 죽인 채 은혜 칼국시 등에 업혔다. 예상대로 힘이 장사였다. 은혜 칼국시는 한 번도 쉬지 않고 산길을 밟고 작은 마을을 지나 숲숲까지 왔다. 그러고는 나를 내동 댕이치듯이 내려놓았다.

"더럽게 무겁네."

거기에 토를 달 수는 없는 노릇이었다. 은혜 칼국시가 숨을 고르며 메고 있던 물통을 꺼내 물을 마셨다.

"물이 있었단 말이야?"

은혜 칼국시가 고개를 끄덕이며 물을 더 마셨다.

"달라고 안 했잖아."

맞는 말이었다. 나는 최대한 겸손한 태도로 손을 내밀었다. 은혜 칼국시한테 물통을 건네받자마자 입속으로 벌컥벌컥 물을 들이부었다. 물이 꿀보다 달았다.

"궁금한 기 있는데, 물어봐도 되나?"

"안 된다고 하면 안 물어볼 거냐?"

나는 손등으로 목에 흘러내린 물을 훔치며 말했다.

"아니."

"뭔데?"

"니 여기 자주 온다아이가. 와서 뭘 그렇게 열심히 쓰는데? 그림도 그리고. 내 니 몰래 슬쩍 다가간 적도 있대이. 얼마나 집중하는지 누가 업어 가도 모루겠더라."

정말 내 세계에 빠져 있느라 전혀 눈치를 못 챘다.

"시."

"시? 와, 니 시인이가?"

"아니. 그냥 마음이 시키는 대로 하는 거야. 시를 읽고 쓰면 마음이 좋아. 이 시간을 견딜 수 있어."

"이 시간이 그리 힘드나?"

"노코멘트."

"쳇! 말하기 싫음 관둬라. 하나도 안 궁금하다. 근데 뭘 그리 몰래몰래 쓰는 긴데? 무슨 죄 지은 것도 아니고. 내라면 한껏 폼 잡고 으스대며 쓸 거 같은데."

궁금하지 않다면서 왜 자꾸 물어보는지 정신세계를 이해할 수가 없었다. 하지만 오늘 한 수고에 대한 예의를 지키기로 했다.

"그게 겉멋 잔뜩 든 너와 나의 차이. 사실 좀 부끄럽기도 하고. 남자애가 시를 쓴다고 하면 사람들은 어떤 반응을 보일까? 참 할 짓 없다, 뭐 그런? 신경 안 쓰고 싶은데 쓰여. 세상은 변한 것 같은데 여전히 편견의 덫은 깊고 견고해."

"그런 인간 있으믄 델꼬 와라. 우리 집 닭장에 처넣게."

은혜 칼국시의 농담에 피식 웃음이 나왔다.

"사람들 눈이 그리 중요하나?"

"넌 안 중요해?"

"별로."

나는 늘 남의 이목이 신경 쓰였다. 그런 성격이 마음에 안 들었지만 하루아침에 성격을 바꿀 수는 없었다. 그게 나 자신을 더 옭아맸고 왜소하게 만들었다.

"하나만 더."

"또 뭐?"

"실은 이기 더 궁금한 긴데…… 니 팽소에 막 웃고 있다아이가. 그거 진짜 웃는 거 아이제? 아아들이……."

"조커?"

"니도 독심술하나?"

은혜 칼국시가 화들짝 놀라며 물었다.

"원래부터 이렇게 생겨 먹었어. 소문? 태클 걸거나 개입할수록 무서운 속도로 번지는 속성이 있잖아. 너도 알다시피 그건 꽤나 번거로운 일이야."

"그거믄 됐다."

은혜 칼국시가 거만한 면접시험관처럼 말했다. 어쨌든 더 이상 꼬치꼬치 캐묻지 않아서 좋았다.

"나도 뭐 하나 물어봐도 돼?"

"싫다 카믄 안 물어볼 기가?"

"아니."

"뭔데 카노?"

이건 어쩐지 아까와 비슷한 패턴이다.

"그런 건 왜 하는 거냐?"

"뭐? 포환던지기?"

문득 은혜 칼국시랑 스피드 퀴즈 대회에 나가면 백전백승할 것 같다는 생각이 들었다.

"그기 꼭 힘자랑하는 거 같제?"

"그렇게 보이긴 하지."

"남아도는 게 힘인데 자랑 좀 하면 어떻노?"

가식이 느껴지지 않는 솔직한 대답에 또 웃음이 나왔다. 그동안 나는 웃는 얼굴에 나를 감추기 급급했다. 혼자 있지만 외롭지 않은 척, 힘들지만 힘들지 않은 척, 나만의 동굴에서 주구장창 겨울잠을 잤다. 근데 이 순간 기지개를 켜고 싶다는 생각이 들었다.

"처음엔 햄버거 때문에 시작했는데."

"햄버거?"

어처구니없는 대답에 내 귀를 의심했다.

"어. 감독 샘이 신입생 때 내를 딱 보더니 무턱대고 투포환 하지 않 겠냐고 물어보더라. 황당하잖아. 싫다 캤지. 그캤는데 운동복도 사 주 고 운동화도 사 준다고 막 꼬시더라고. 그것도 최고급 메이커로다가. 그딴 거 필요 없다 캤지. 근데 매일 햄버거도 먹을 수 있다 카더라. 빙 고! 바로 그기였다. 내는 햄버거를 무진장 좋아하고 그걸 맨날맨날 먹 을 수 있다는 건 치명적인 매력이다아이가. 안 그렇나?"

"헐."

"내 니 이칼 줄 알았다."

은혜 칼국시는 돌맹이 하나를 줍더니 포환던지기 시늉을 하며 말 을 이었다.

"근데 지금은 햄버거 때문만은 아이다. 나도 모르는 사이에 포환던 지기에 푹 빠져 버렸다. 이기 육상 네 가지 투척 종목 중에 상대적으 로 관성이나 원심력의 도움을 덜 받는다는 점에서 가장 원초적인 힘 의 대결이다아이가. 또 가장 무겁고 수치상 기록이 잘 안 나오는 종목 이긴 한데, 속임수가 안 통하는 정직한 게임이다. 이 정도면 매력 쩔 지 않나?"

속임수가 통하지 않는 정직한 게임. 인생이 게임과 같다면 단언컨 대 내 인생은 변수와 속임수의 연속이었다.

"비인기 종목이잖아. 전망도 그저 그렇고."

"인정. 근데 지금 골치 아프게 그딴 것까지 안 따지고 싶다. 나중 일은 나중에 고민해도 된다아이가. 그때는 상황이나 여건이 지금이랑은 마이 다를 낀데, 지금 고민하는 건 에너지 소모에 시간 낭비잖아. 중요한 건 지금 나는 포환던지기를 좋아한다는 거. 그거면 된다."

은혜 칼국시는 두 팔을 양쪽으로 벌리고 가슴을 쫙 펴며 심호흡을 했다. 마치 세상을 다 가진 자만이 갖는 표정이었다. 겉보기와 달리 생각이 야무지고 단단해 보였다. 문득 은혜 칼국시와 비교도 안 되게 물러터진 내 마음과 생각이 부끄러워졌다. 그동안 은혜 칼국시에 대해 선입견을 가졌다는 사실도 부끄러워졌다.

"그 정도면 충분하다. 기왕 하는 거 전국 체전에서 메달 따면 더 좋은 기고. 세계 대회에서 메달 따면 더 더 좋고. 비인기 종목이었다가 전국민적인 관심과 응원을 받은 종목도 더러 있다아이가. 역도도 그렇고, 컬링도 그렇고. 솔직히 마이 부럽더라꼬. 포환던지기도 그카지 말라는 법 없다아이가. 맞제?"

나도 모르게 은혜 칼국시의 이야기에 푹 빠져들었다.

"와? 내 보기보다 억수로 똑똑하나?"

마땅히 대꾸할 말이 없어 가만히 있자 은혜 칼국시가 말을 이었다.

"감독님이 힘만 쓸 줄 아는 무식쟁이는 되지 말라꼬 늘 강조한다아이가. 그래서 이론 공부도 하고 매달 시험도 친다. 60점 못 받으면 역기까지 들어야 하고, 훈련이 두 배다. 뭐 물론 나한텐 식은 죽 먹기지만. 수업 시간엔 샘한테 허락받고 그냥 책 읽는다. 절대 안 잔다. 그건 할매 때매. 담임하고 무슨 계약을 했다나, 뭐라나. 내가 수업 시간에 딴짓하거나 졸거나 하면 당장 알리겠다고. 그럼 투포환이고 공부고 뭐고 다 때려치우고 식당에서 알바나 시킨다 카더라. 우리 할매 한다믄 하는 성격이거든.”

은혜 칼국시의 눈이 영롱하게 빛났다. 무언가를 정말 좋아하면 저렇게 빛이 날까? 내 눈은 어떨까? 보나마나 답은 뻔했다. 초점 없이 흐리멍덩한 동태 눈깔.

“힘들겠다.”

“세상에 안 힘든 게 어디 있노? 그렇다고 포기하나? 인생 망치나?”

은혜 칼국시가 산전수전 다 겪어 본 사람처럼 말했다.

“특히 땡볕 더위에 훈련할 땐 당장 집어치우고 싶은 맘이 한두 번든 게 아이다. 애들 시험 끝나고 일찍 마치는 날 삼삼오오 모이가 놀로 갈 땐 막 심통도 난대이. 그런 상태로 훈련하다가 실수로 부상까지 당하면 완전 죽을 맛. 그래도 좋다. 조금씩 체력이 좋아지고, 신기록 세우고, 많진 않지만 사람들이 환호하는 모습을 보면 힘들었던 기 씻은 듯이 사라진다아이가. 그때의 희열감이란 안 던지 본 사람은 모른다. 아령이나 역기 같은 걸로 운동하잖아. 근데 가벼운 거 백날천날 들어 봐라. 근육이 생기나. 무거운 거 힘들 게 들어야 근육이 생기는 기다. 마음도 마찬가지대이. 힘들고 어려운 일 겪어 봐야 마음에도 근육이라는 기 생겨서 나중에 더 큰 고통도 너끈하게 버티 낼 수 있는 기다, 알긋나? 사람들 제2의 인생을 산다 그카잖아. 그런 기 어디 있노. 인생은 한 번뿐이다. 무조건 오늘을 잘 살아야 된다. 그래야 더 나은 내일이 있다. 이건 우리 감독님이 맨날천날 하는 말."

나는 고개를 끄덕끄덕했다. 짧은 시간에 은혜 칼국시라는 사람에 대한 대하 드라마를 본 느낌이었다. 도대체 이 대책 없는 씩씩함은 어디에서 나오는 것인지. 은혜 칼국시라는 사람에 대한 궁금증이 모락모락 피어올랐다.

"야야, 이카다가 날 저물겠다. 퍼뜩 가자."

은혜 칼국시는 다시 내 앞으로 등을 갖다 댔고, 나는 아까와는 달리 머뭇거리지 않고 업혔다. 등판이 넓어 세상 편하다고 차마 말할 수 없었다.

"근데 이카고 있으니까 그거 생각난다."

은혜 칼국시는 뭔가를 떠올리려고 고개를 갸웃거렸다.

"와 있다아이가. 서울에서 온 소녀가 소년 등에……. 아, 맞다. 황순원의 〈소나기〉."

"말이 되는 소리를 해라."

은혜 칼국시는 마치 청순가련한 서울 소녀가 된 것처럼 계속 키들거렸다. 갑자기 소름이 돋아 등에서 내리려고 몸부림쳤지만, 서울 소녀의 완력은 도저히 감당할 수 없었다.

"니는 와 이리 매사에 진지하노? 애가 유머를 몰라요, 유머를. 맘 푹 놔래이. 니는 내 스타일 아이니까."

뜨끔했다. 정말 내 맘을 다 읽고 있다. 근데 다행이면서도 섭섭한 이 감정의 정체는 뭐지?

"아, 날씨 쬑이네. 순진해 빠진 서울 촌놈 놀리 묵기 참 좋은 날이다."

은혜 칼국시가 큰소리로 외쳤고, 그 소리에 놀라 낙엽이 떨어졌다. 팔랑팔랑 지그재그로 떨어져 바닥에 살포시 내려앉았다.

곁

숨숲 깊숙이 들어왔을 때였다. 멀지 않은 곳에서 상스러운 욕과 낄 낄대는 웃음소리가 들렸다. 혹시 누군가에게 이런 부자연스럽고 괴상한 모습이 발각될까 봐 몸을 뒤척이자 은혜 칼국시는 순순히 나를 내려 주었다. 나는 한껏 몸을 움츠린 채 최대한 소리를 죽이며 절뚝절뚝 걸었다. 그때였다.

"어이, 욜로 와 봐라."

짧은 한숨이 나왔다. 그냥 무시하고 갈까, 아님 잽싸게 도망칠까 고민하느라 주춤거렸다. 아니 이 상태로 도망친다는 건 불가능에 가까웠다. 그 사이 이마에 십자 모양의 반창고를 붙인 형이 다가왔다. 그 뒤로 광대뼈가 확 돌출된 형과 찢어진 청바지를 입은 형이 팔짱을 낀 채 대기 중이었다. 뭔가 끈적끈적하고 불온한 느낌을 주는 거미줄에 걸린 것 같았다.

"우리가 졸라 눈치 없이 방해했는 갑다. 둘이 엄청 뜨거운데. 미안 시러버서 이 일을 우짜면 좋을까?"

반창고는 친절을 가장했지만 자세와 말투에서 불량기가 흘러넘쳤다.

"첨 보는 얼굴이네."

이번엔 광대뼈가 건들대며 다가오더니 말을 툭 던졌다.

"맻 학년?"

"고1요. 왜요?"

나는 은혜 칼국시 앞에서 지질하게 굴기 싫어 도전적으로 말했다.

"이름은?"

"알아서 뭐 하게요?"

호구 조사에 불성실하게 임하자 다음 타자로 찢청이 썩은 미소를 지으며 다가왔다. 무슨 꿍꿍이가 있는 게 분명해 보였고, 그건 내 예상 범위를 크게 벗어나지 않으리라 확신했다. 금품 갈취, 술이나 담배 심부름…….

"잠깐만. 니 서울 말씨 쓰네? 이사 왔나? 나도 서울말 완전 잘 쓰는데. 그렇지 않니, 얘들아?"

찢청이 비음을 섞어 말끝을 과장되게 올렸다. 반창고와 광대뼈가 미친 듯이 낄낄거렸다.

"근데 니 와 아까부터 실실 쪼개노? 우습나? 이기 장난 같나?"

"웃는 거 아닌데요."

찢청이 이것 봐라, 하는 표정을 짓더니 이내 험상궂은 얼굴을 내 코

116

앞에 들이밀었다.

"사람들 가 볼 때마다 오해하는데, 가 얼굴 원래부터 그렇다, 오빠야들아. 웃는 거처럼 보이는데, 그기 아이라꼬."

은혜 칼국시가 적극적으로 해명에 나섰다. 반말이 무지 자연스러웠다. 하지만 오해가 풀리기는커녕 또 다른 오해의 빌미를 제공하고 말았다.

"남친이라꼬 편드는 기가? 오, 닭살! 그건 그렇고, 형아들이 지금 기분이 꿀꿀해서 카는데, 니 저기 슈퍼 보이제? 가서 캔 맥 좀 사다 줄 수 있나? 여기 돈."

찢청이 주머니를 뒤지더니 백 원짜리 동전 두 개를 내 손바닥 위에 놓았다. 그건 사 오라는 명령이었고 나머지는 알아서 계산하라는 협박이었다. 이런 꼴통들의 전형적인 수법에 두려움보다는 피곤함이 앞섰다.

"우린 니 여친이랑 좀 놀고 있으께. 괜찮제? 내 스타일은 아니지만. 뭐 아쉬운 대로."

"여친 아닌데요."

그 와중에 나는 확실하게 해 두려고 못을 박았다. 힐끔 은혜 칼국시를 보았는데 벌레를 씹은 듯한 표정이었다.

"그리고 돈도 없어요."

은혜 칼국시는 무슨 속셈인지 천천히 호흡을 가다듬었다.

"그런 사소한 것까지 형아들이 신경 써야 되나? 시간 딱 십 분 준대이. 귀귀!"

빈털터리였지만 어떻게 되겠지, 하며 나는 걸음을 뗐다. 개기다가 은혜 칼국시 앞에서 체면 구기는 것보다 나았다.

"스탑!"

은혜 칼국시가 소리쳤고 나도 모르게 발걸음을 멈췄다.

"귀귀!"

"스탑!"

찢청과 은혜 칼국시의 기 싸움에서 나는 똥 마려운 강아지마냥 안절부절못했다.

"오빠야들, 잠깐만. 지금 뭐 하는 짓인지 모루겠네. 오빠야들 깡패가? 끼리끼리 뭉치 댕기믄서 순진한 얼라들 삥 뜯어 처묵는 파렴치한 놈들? 경찰에 확 신고해 뿐대이."

"하, 요 가시나 봐라. 겁대가리 상실했네. 가시나라꼬 봐줄 주 아나. 말 가리감서 해라. 그라고 짭새 오기 전에 니 내 손에 뒤진다, 알긋나? 상황 파악 제대로 해라, 어이?"

"미친. 사돈 남 말 하고 자빠졌네. 이것 봐라, 오빠야들아. 좋은 말로 할 때 꺼지는 게 신상에 이롭다 안 카나. 마지막 경고대이. 말 안 들으믄 정의가 뭔지 제대로 보이 주겠어!"

찢청이 은혜 칼국시의 이마를 검지로 밀려는 찰나, 은혜 칼국시는 민첩하게 왼쪽으로 고개를 돌렸다. 잘못 들었나, 쓱, 바람 소리가 났다.

"앗쭈! 은근 귀엽네, 요 가시나."

찢청의 말에 은혜 칼국시가 콧방귀를 뀌었다. 그러고는 내 수중에서 이백 원을 도로 앗아가더니 찢청 발밑으로 하나씩 떨어뜨렸다. 엄마는 누누이 말했다. 불량배들한테 걸리면 그냥 가진 거 주라고. 돈이건 휴대폰이건 돈 되는 거면 다 주라고. 가장 중요한 건 내가 멀쩡한 몸으로 돌아오는 거라고.

"오빠야가 이 돈 가지고 사 와 봐라. 그라믄 내가 그 돈 백 배 천 배로 돌리주께."

은혜 칼국시는 간덩이가 애드벌룬처럼 부풀어 오른 상태였다. 반대로 내 산은 바람 빠신 풍선처럼 오그라드는 느낌이었나.

"이 꼴통 가시나, 잘 들어. 아직까지 오빠야들 명성에 대해 잘 모루는 모양인데, 그딴 소리 한 번만 더 지껄이 봐라. 골로 가는 수가 있대이."

"옴마야, 감동! 지금 내 걱정해 주는 기가?"

은혜 칼국시가 한껏 빈정거리며 상황을 점점 복잡하게 만들었다. 가만히 사태를 관망하던 광대뼈가 이를 악문 채 최대한 인내력을 발휘하면서 나를 향해 말했다.

"그래, 우리 생각이 짧았네. 딱 보이 이백 원은 너무 과한 돈 같다. 그냥 빈손으로 가 사 와라. 야, 새꺄. 니 퍼뜩 안 뛰가고 뭐 하고 자빠졌노? 졸라 얻어터지야 정신 차리 끼가?"

"스탑!"

내가 발걸음을 떼기도 전에 은혜 칼국시가 또 외쳤다.

반창고와 광대뼈가 순식간에 은혜 칼국시의 양팔을 붙들었다. 그때였다. 어둠 속에서 두 명이 더 나타났다. 여자애들이었다. 한 명은 교복을 입었는데 딱 봐도 우리 학교 교복이었다. 나머지 한 명은 가부키 화장을 한 것처럼 얼굴이 화장으로 떡칠되어 있었다. 교복이 은혜 칼국시와 내 얼굴을 향해 담배 연기를 훅 뿜었다. 나는 바로 기침을 했고, 은혜 칼국시는 머리를 마구 저어 연기를 흩뜨렸다. 숫제 흥분한 고릴라 같았다. 여자애들이 자지러지게 웃어 젖혔다.

나는 하릴없이 몸을 돌렸다. 일단 이 순간을 모면하고 싶었다. 그때였다. 악, 비명 소리가 들리더니 퍽퍽 치고받는 소리가 들렸다. 십중팔구 은혜 칼국시가 구타당하는 줄 알고 깜짝 놀라 뒤를 돌아보니 이게 무슨 조화인가. 반창고와 광대뼈가 코를 감싸 쥐고 휘청거렸다. 양팔이 풀린 은혜 칼국시는 마치 춤을 추듯이 스텝을 밟았는데 발놀림이 예사롭지 않았다. 게다가 매서운 눈매로 이상한 기합 소리를 냈는데 어딘지 모르게 낯익었다.

"저 가시나 저거 완전 개또라이 아이가?"

교복과 가부키가 주먹을 쥔 채 대결을 벌일 듯 말 듯 멈칫거렸다. 사태가 이 지경이 되고 보니 가만히 있다가는 어떤 원망을 들을지 감이 잡히고도 남았다. 빼도 박도 못 하고 은혜 칼국시의 편을 드는 수밖에. 때리면 맞겠다는 심산이었다. 그러다가 갈비뼈가 몇 대 나가 입원이라도 하면 H한테 큰 선물이 될 것도 같았다.

어느 틈에 찢청이 내게 무릎 킥을 날렸고, 나는 억, 소리를 내며 허리를 반으로 접었다. 숨이 턱 막혔다. 은혜 칼국시는 시종일관 여유만만한 태도였다. 그 순간이었다. 반창고가 주머니에서 잭나이프를 꺼내 마구 휘둘렀다. 칼날이 날카롭게 빛났다.

"저, 저기, 카, 칼……"

나는 연속 엔지를 내는 신인 배우처럼 외쳤다. 그러자 찢청이 발로 내 엉덩이를 퍽 걷어찼다. 그와 동시에 광대뼈가 내 뒷머리를 한 손아귀에 움켜쥔 채 쥐어흔들다가 자기 이마로 내 이마를 세게 들이박았다. 나는 그 자리에 털퍼덕 주저앉았다. 입에서 비릿한 피 맛이 느껴져 침을 뱉었다.

"존나 젠틀하게 나오니까 이것들이 쌍으로 날뛰는 거 아냐, 이 병신 새끼들아."

반창고가 광대뼈와 찢청에게 괴성을 질러 댔다. 그 소리에 힘입어 둘은 나를 고장 난 장난감이나 되는 듯이 패대기쳤다. 나는 땅바닥에 나뒹굴었고, 공중에 뜬 발바닥 네 개가 눈 깜짝할 새 다가와 내 몸을 짓밟았다. 여자애들까지 가세했는지 발바닥이 배로 늘었다. 나는 밟히면서도 비명을 지르지 않았다.

"보기보다 독종 새끼네."

찢청이 뇌까리며 발로 짓밟는 강도를 높였다. 통증이 느껴질 때마다 후련한 것도 같았다. 이대로 죽고 싶다는 생각마저 잠시 들었다. 고개를 돌리다 눈을 홉뜬 채로 언뜻 은혜 칼국시를 보았다. 은혜 칼국시는 누굴 놀리는 것처럼 스텝을 밟더니 반창고가 방심한 틈을 타

순식간에 오금을 걷어찼다. 반창고는 윽, 소리를 내며 쓰러졌고 동시에 잭나이프를 떨어뜨렸다. 별로 아플 것 같지도 않은데 오만상을 찌푸린 채 뒹굴었다. 엄살이 국보급이었다. 반창고가 잭나이프를 주우려는 찰나, 은혜 칼국시가 손을 밟아 비볐다. 반창고의 비명이 숲숲에 쩌렁쩌렁 울렸고, 새들이 날갯짓하는 소리가 들렸다. 그러자 은혜 칼국시가 외투를 벗어 던지며 괴상한 소리를 냈다. 아니나 다를까, 헐크로 변하고 있었다.

"다 덤벼, 이 좆만 한 새끼들아!"

순간 은혜 칼국시가 선량한 시민을 구하는 정의의 사도처럼 보였다. 잠시 당황했던 광대뼈는 뒤로 물러서다가 엉덩방아를 찧었고, 돌맹이를 주우려던 찢청은 은혜 칼국시의 발에 옆구리를 차이고 말았다. 은혜 칼국시는 남은 발을 이용해서 광대뼈의 뒷덜미를 강타했다. 동작은 신속 정확했고 일고의 망설임도 없었다. 여자애들이 바들바들 떨며 덤비려 하자, 은혜 칼국시는 기합 소리 하나로 제압했다. 내공이 상당해 보였다.

"아, 씨팔."

반창고가 분해서 못 견디겠는지 턱을 만지며 지랄 발광을 떨었다. 내 심장은 쉴 새 없이 펌프질을 했다. 은혜 칼국시는 눈코 뜰 새 없이 주먹과 발을 날렸고, 그때마다 반창고와 광대뼈와 찢청은 신음 소리를 흘렸다. 급기야 찢청은 급소까지 걷어차였는데 숨조차 못 쉬는 것 같았다. 그 부분을 감싸 쥐고 껑충껑충 뛰는 모습이 가관이면서 한심

했다. 드디어 숨 막혔던 대결이 은혜 칼국시의 완승으로 끝났다. 꼭 무협 영화의 한 장면을 연출한 것 같은 상황에 가슴이 펄떡거렸다.

"그니까, 좋은 말로 할 때 그냥 곱게 가라니까 와 이리 애를 멕이노, 오빠야들아. 내 속상해 죽겠다."

은혜 칼국시가 손바닥과 옷에 묻은 낙엽과 티끌과 흙먼지를 털어 내며 태연자약하게 말했다. 나는 은혜 칼국시 등에 묻은 걸 꼼꼼하게 털어 주었다.

"원래 쓰레기는 분리수거, 아니 그걸로 성에 안 찬다. 소각이 답인데 내가 특별히 봐주는 기다. 담에 또 이런 나쁜 짓 하다가 걸리면 국물도 없을 줄 알아라, 알긋나?"

은혜 칼국시는 대단한 은혜를 베푼다는 듯이 말했다. 불량 삼총사는 자존심이 바닥을 쳤는지 묵묵부답이었다. 은혜 칼국시는 발을 쿵, 구르면서 "알긋나? 오빠야들아!" 하고 말했고, 오빠야들은 불만 가득한 표정으로 고개만 주억거렸다.

"아, 그리고 언니야들. 욜로 와 봐래이."

언니야들은 종종걸음으로 다가와 고개를 숙인 채 앞으로 손을 모았다.

"언니야들, 우리 학교 고3 맞제? 수능 얼마 안 남았다아이가? 쎄빠지게 공부해도 모자랄 판에 이기 무신 지랄들이고? 쪽팔리게 학교 망신 다 시키고 자빠졌다. 내 면상 다 봐 놨대이. 앞으로 몸 사리는 기 좋을 끼다. 알긋나? 까딱 잘못하면 내 생활 지도 부장 샘한테 싹 다 불어 삔대이. 앗! 내가 착각했다. 생활 지도 부장 샘은 하나도 안 무섭제? 무슨 전도사님처럼 맨날 타이르고 좋은 말로 하고 카니까, 그자? 근데 내한테는 비장의 무기가 있다."

교복과 가부키는 눈을 휘둥그레 떴다.

"궁금하제?"

선배들을 휘어잡는 은혜 칼국시의 능청에 나는 피식 웃고 말았다. 교복과 가부키는 눈에 쌍심지를 켜고 나를 쩌려봤다.

"내 언니야 너그 엄마 아빠 누군지 알거든. 만리장성 중국집하고 참새네 방앗간. 중국집 할매는 우리 할매하고 절친이고, 참새네 방앗간은 우리 칼국시 집, 알제? 은혜 칼국시. 우쨌든 우리 식당 밀가리는 다 언니야 너그 집에서 대 묵는다아이가. 우리 식당 맛집으로 소문나서 사람들 엄청시리 많은 거 알제? 이쯤 되믄 상황 판단이 설 기다. 맞제?"

교복과 가부키는 이를 앙다문 채 알았다고 대답했다.

"계속 고따우로 놀다가 인생 종 치는 수가 있다. 앞으로 단디 해라, 단디!"

불량배들의 하늘을 찌를 것 같았던 기세는 땅바닥에 곤두박질쳤다. 백만 년 묵은 트림이 터져 나오는 기분이었다.

"마지막으로 기념사진 한 장 찍고. 자, 모두 김치, 해라! 오케이? 아, 퍼뜩!"

은혜 칼국시는 휴대폰으로 인증샷을 찍었다.

"잘 나왔다. 까딱 잘못했다간 요거 SNS에 뿌리 뿐대이. 내 이래 봬도 인스타 팔로우 수천이다."

좀 잔인한 감이 없지 않았지만 나는 모른 척했다. 아니 당해도 쌌다.

"뭐 하노? 퍼뜩 가자."

위풍당당하게 말하는 은혜 칼국시한테 후광이 비쳤다. 꿔다 놓은 보릿자루처럼 선 나는 어리빙빙한 표정을 지은 채 절뚝절뚝 걸어갔다. 꼭 돈키호테의 뒤를 따르는 산초가 된 기분이었다. 어쨌거나 물개 박수라도 치고 싶은 심정이었다.

뒤늦게 뒤에서 욕설과 악다구니 쓰는 소리가 마구 들려왔다. 거기에 대해서 은혜 칼국시는 너그러운 아량을 베풀었다. 대신 불량배들을 향해 가운뎃손가락을 쭉 뻗어 '뻑큐'를 날렸다. 배포가 삼국지에 나오는 유명 장수들 못지않았다.

"후환이 두렵지 않냐?"

"그럴 거면 시작도 안 했다, 인마. 쫄기는. 괜않다. 이 누야가 니 잘 지키 줄게."

"헐."

말은 그렇게 했지만 안도감이 드는 건 부인할 수 없었다. 그러면서도 도대체 은혜 칼국시의 정체가 무엇인지, 아기 장수 전설 같은 출생의 비밀이나 약물 부작용으로 인한 신체 변화 같은 건 아닌지 혼자 상상의 나래를 펼쳤다.

"이상한 상상하지 말거래이. 부단한 수련의 결과니까."

헉! 이번에도 내 뇌를 스캔하다니.

"가끔 숲에서 기합 소리 내면서 택견인가 태극권인가 하는 사람이 너였어?"

"봤나? 반했나?"

애가 겸손의 미덕을 모른다.

"근데, 너 아까 완전 꼰대 같았어."

"내가 좀 그런 면이 있지. 우리 할매 덕분에. 근데 뭐, 꼰대가 나빠?"

"꼭 그렇다는 건 아니고."

"가끔은 고리타분하고 고지식하고 구태의연하게 보이지만 그기 의외로 진리일 때가 많대이. 파란만장한 인생 살아 보이 그렇더라."

갑자기 엄마의 하나마나한 잔소리나 꾸지람을 듣고, 아재 개그 뺨치는 썰렁한 개그도 듣고 싶다는 생각이 들었다. 그 속에서 인생의 진리를 찾아 헤매고 싶었다. 문득 은혜 칼국시에게 곁을 주고 싶었다. 은혜 칼국시랑 있으면 정신이 없어 울적할 틈이 안 생긴다.

"폰 번호 좀."

나도 모르게 튀어나온 말이었다. 주워 담기엔 이미 늦었다. 혹시 살다가 무슨 일이 생기면 은혜 칼국시를 호출하고 싶은 마음이었다.

"옴마야, 니 내한테 번호 따는 거가? 박력 있다, 야. 근데 깜빡이도 안 키고 너무 훅 들어오는 거 아니가? 내 부끄럽고로."

"쟤들 다시 만나면 112보다 네가 빠를 것 같아서."

"변명이 궁색하다. 그치만 뭐 기꺼이. 폰 줘 봐라. 내 니 때매 스물
네 시간 상시 대기 타야 되겠네. 아, 송은혜 인생 피곤하다, 진짜로."

무슨 말을 못 하겠다. 나는 패턴을 해제하고 휴대폰을 넘겼다. 은혜
칼국시가 자기 전화번호를 찍고 통화 버튼을 누르더니 돌려주었다.

"오해하진 마래이. 내 절대 쉬운 여자 아니니까. 이래 봬도 남한테
번호 주는 거 첨이다, 첨!"

"당연히 그러시겠지."

"생명의 은인한테 말투가 어째 쫌 그렇네. 영광인 줄도 모루고."

나는 유구무언이었고, 은혜 칼국시의 생색은 전혀 거슬리지 않았
다. 그래도 나는 그냥 있기 민망해 "헐!"을 연발했다.

의자

걷다 쉬다 겨우 동네에 도착했을 땐, 해가 뉘엿뉘엿 지고 있었다. 집에 들어가는 시간을 조금이라도 늦추고 싶어 핑계거리를 찾아 머리를 굴렸다.

"뱃가죽이 등가죽에 붙었어."

나는 동정에 호소하는 눈빛으로 은혜 칼국시를 바라보았다.

"니 참 가지가지로 성가시게 한대이. 에라이, 모루겠다. 오늘은 이왕 하는 김에 풀 서비스 하지 뭐."

은혜 칼국시와 식당 근처까지 왔을 때 H가 식당 문 앞에 서성이는 모습이 눈에 들어왔다. 나는 잽싸게 은혜 칼국시 팔을 잡아당겨 돌담 뒤로 몸을 숨겼다. 그러고는 "쉿!" 하며 입술 위에 검지를 댔다. 은혜 칼국시가 몹시 당황스러워하며 내 손을 탁 쳐 내고는 조심성 없이 말했다.

"와 이라노? 너그 아빠 아이가?"

덩치와 눈치는 반비례 관계에 있는 것 같았다. 나는 급한 나머지 손으로 은혜 칼국시의 입을 틀어막았다. 다행히 들키지는 않았다.

"왔다카는 소문은 진작에 들었는데, 언제 들리는가 했다."

훌라후프 할머니가 H의 손을 부여잡고 말했다. 말끝이 미세하게 떨렸다.

"그간 별고 없으셨어요, 이모?"

이모라니? 그럼 훌라후프 할머니가 친할머니의 언니, 아니면 여동생? 나한테는 이모할머니? 그럼 은혜 칼국시랑 나랑은 어떻게 되는 거지? 힐끔 보니 은혜 칼국시도 놀란 눈이었다.

"참, 무심하다. 우찌 그랄 수 있노? 살았는지 죽었는지 정도는 소식을 전해 줘야 되는 거 아이가? 우리가 넘이가?"

할머니가 원망 가득한 투로 말했다. 울음과 섞이니 말이 뭉개졌다. H는 죄인처럼 고개를 숙이더니 어느 순간 어깨를 들썩였다.

H는 할머니 뒤를 따라 식당 안으로 들어갔다. 구부정한 그림자도 함께 따라갔다. 열린 창 너머로 보니 둘은 마주앉은 채 말을 못 이었다.

"건강은 어떠세요?"

한참 뒤 H가 먼저 말문을 열었다. 나는 둘의 대화에 귀를 기울였다.

"죽지 못해서 살고 있다아이가."

할머니는 한숨 쉬듯 말했다.

"언니 행부 세상 베리고 내도 고마 칵 죽고 싶었다. 하늘도 무심하시

지. 세상천지에 숭악한 연놈들이 쌔고 쌨는데 와 해필 법 없이도 살 사
람들을……. 어휴, 세월이 얼마고. 벌쎄 삼십 년이 다 되간다, 삼십 년.
근데 아직꺼정 하루에도 숱하게 생각이 나고, 그때마다 억장이 무너진
대이."

홀라후프 할머니가 무너지는 억장을 세우려는 듯 주먹으로 가슴을
턱턱 쳤다. 그러고는 힘겹게 일어나 어딘가로 가더니 한참 있다 돌아
와 식탁 위에 뭔가를 올려놓았다.

"내 임금은 양심껏 빼 쓰고 나무지기는 다 모았다. 이거 니 거잖
어."

"이게 왜 제 거예요? 그런 말씀 마시고 넣어 두세요."

"니도 자슥 키울라 카믄 얼마간은 있어야 할 거 아이가. 그동안 뭐
해 묵고 살았는지는 모루겠다마는 사는 기 그리 만만치 않더마."

"지금부터 열심히 벌면 돼요."

"쓴 커피 팔아 얼매나 번다꼬. 몇 푼 되지도 않어. 잔말 말고 넣어
두거래이."

둘 사이 옥신각신하는 소리가 들렸다. 그때 은혜 칼국시가 덩치가
아깝게 도둑고양이를 보고 비명을 질러 산통을 깨고 말았다. 나는 골
목길로 줄달음질 쳤다.

집 근처에 오니 누군가가 카페 앞을 서성였다. 숨이 턱 막혔다. 실
루엣만 봐도 알았다. 할머니. 내가 할머니 집에 간 걸로 오해하고 H가
연락했나? 그래서 할머니는 부리나케 내려온 거고? 심장이 얼마나 오

그라들었을까. 조건 반사처럼 눈시울이 뜨거워지더니 눈물이 왈칵 쏟
아졌다. 할머니가 그 자리에 선 채로 나를 바라봤다. 입은 웃는데 눈
은 울었다. 할머니가 다가와 내 손을 붙잡았다. 몸에 온기가 도는 듯
했다.

"어이구, 안 하던 짓도 다 하구."

나는 눈빛으로 무슨 말이냐고 물었다.

"가출했다며?"

"출가보단 낫잖아."

내가 코를 훌쩍이며 퉁명스레 말하자 할머니가 웃으면서 눈을 흘
겼다.

"얼씨구. 근데 고작 하루 만에 돌아와? 기왕 할 거 아예 산속에 들
어가 살지."

"할머니, 나 배고파."

"그래? 우리 귀한 손주 배고프면 안 되지. 안 그래도 차돌박이 넣고
된장찌개 끓여 놨는데, 겸이 그거면 밥도둑이 따로 없잖아. 집에 들어
가 먹자."

나는 무릎 관절이 안 좋은 할머니를 부축하고 계단을 밟아 올랐다.
집에 들어오자마자 할머니는 가스레인지 위에 올려둔 찌개를 데웠다.
식탁 위에 반찬을 차리고 밥을 수북하게 펐다. 밝은 곳에서 가까이 보
니 그새 할머니 얼굴이 부쩍 수척해져 있었다.

"많이 먹어."

"할머니도 먹어."

"할민 먹었어. 어여 들어."

나는 할머니 보란 듯이 허겁지겁 밥을 먹었다. 밥이 맛있어서 엄마한테 미안했지만 한 그릇 더 먹었다.

"체할라."

할머니가 좀 전에 끓인 듯한 따끈한 보리차를 내밀며 말했다. 세 음절의 말에도 나에 대한 걱정이 한껏 묻어났다. 할머니 말풍선을 바늘로 찌르면 부슬비가 내릴 것 같았다. 보리차를 마시는데 눈물이 핑 돌았다.

"에구구, 눈물도 흔해 빠졌다."

나는 피식 웃으며 진정제 같은 보리차를 한 모금 더 마셨다.

"너 좋아하는 갈비찜 많이 했으니까 냉장고에 뒀다가 두고두고 꺼내 먹어. 양껏, 아끼지 말고. 또 해 줄 테니까."

"할머니 또 와? 언제? 아니, 그러지 말고 아예 여기 살면 안 돼?"

나는 애가 달았다. 할머니하고 살면 엄마 생각에 힘들 것 같다고 생각한 건 실수였다.

"아님, 내가 할머니 집으로 갈까?"

"이 나이에 또 혹 달고 살라고? 싫다. 나도 이제 여생 편하게 살란다."

할머니는 특유의 개구진 표정으로 말했다.

그때 현관문 도어 락 열리는 소리가 들리더니 H가 들어왔다. H는 고개를 숙인 채 전봇대처럼 서 있기만 했다. 나는 할머니와의 단란한 시간을 방해하는 H가 마뜩찮았다.

"어릴 때 못 부린 어리광 지금 부린다 생각하고 다 받아 주게. 저게 매일매일 자네 이야기만 한 적도 있어."

할머니가 쓸데없는 이야기를 하고 있었다. 자존심이 팍 상했다.

"내가 언제! 할머니 그런 말 할 거면 그냥 가."

마음에도 없는 소리가 내 입 밖으로 튀어 나갔다. 할머니는 내 말을 귓등으로도 안 듣고 계속 말을 이어 나갔다.

"자기는 탐험가가 될 거라고. 아빠 따라 탐험가가 될 거라고 우주선 장난감을 들고 동네방네 떠들고 돌아다녔지."

나는 밥을 먹다 말고 내 방으로 들어가 문을 닫았다. 흔들의자에 앉아 흔들리는 감정을 추슬렀다.

"시간이 많이 흘렀고, 많이 어긋나 있지. 모든 게 제자리를 잡으려면 또 그 만큼의 혹은 그 이상의 시간이 필요해. 너무 서두르지 말게."

할머니가 하는 당부가 방문 틈을 비집고 들어왔다. 나는 할머니 말을 하나라도 놓칠세라 귀를 쫑긋 세웠다. 할머니 말대로 시간이 흐르면 모든 게 제자리로 돌아올까. 그 제자리는 과연 어떤 걸까. 어떤 경우라도 엄마가 돌아오지는 않을 거라는 절대 불변의 진실 앞에 설움이 복받쳐 올랐다.

할머니가 주섬주섬 가방을 챙기는 소리가 들렸다. 간이 덜컥 내려앉았다. 방문을 박차고 나가 할머니 팔을 붙잡았다.

"할머니, 자고 가. 어? 제발, 제발."

"어이구, 나이가 몇인데. 옛날 같으면 장가가서 애도 낳았어."

할머니는 기어코 밖으로 나갔고 나도 쫄레쫄레 따라나섰다. H는 밤마실 나온 동네 사람처럼 할머니와 내 주변을 어슬렁댔다. 할머니 차가 된 엄마 차 앞에서 나는 할머니와 포옹했다. 할머니 냄새를 오래 저장하고 싶어 숨을 깊이 들이마셨다.

"가. 운전 조심하고."

나는 차 문을 열어 주면서 나지막하게 말했다.

"잘 먹고 살 좀 쪄. 그게 뭐니? 피죽도 못 얻어먹은 것처럼. 할미 갈 게. 들어가."

할머니 목소리가 우주 저편에서 들려오는 것처럼 멀어졌다.

"전화도 좀 하고. 목소리 까먹겠다."

할머니가 눈물을 들키지 않으려는 듯 급히 고개를 돌리고 차에 탔다. 다시 왈칵 눈물이 쏟아졌다.

할머니가 돌아가고 H는 카페 빈둥으로 들어갔다. 별 하나 보이지 않는 깜깜한 밤이었다. 카페에선 '자클린의 눈물'이 흘러나왔다. 엄마가 가을에 자주 듣던 바이올린 연주곡이었다. 그 곡을 듣는 중에는 전화도 받지 않고 뭘 물어도 대꾸하지 않았다.

나는 옥상에 올라가 밤하늘 향해 말했다. 바이올린 선율은 옥상까지 따라왔다.

엄마, 저 연주 소리 들려?

오랜만에 엄마가 응답했다.

응. 들려.

나 엄마하고 한 약속, 어쩌면 못 지킬지도 몰라. 사람 일이 마음먹은 대로 안 되잖아. 인생 좀 살아 보니까 그건 알겠더라고.

얼씨구. 그러서요?

…….

너무 서두르지 않아도 돼.

내가 아무 말 없이 가만히 있자 엄마가 할머니랑 똑같은 말을 했다.

시간이 흘러 엄마와의 추억이 희미해지고, 엄마를 아예 생각하지 않는 날도 생기고 그러면 어떡하지? 엄마, 그럼 많이 서운하겠지?

그게 자연스러운 거지. 사람은 망각의 동물이라잖아. 잊어야 살 수 있어. 엄마가 하루 종일 네 생각만 할 거라는 착각은 버려. 미안하지만 엄마는 벌써부터 너를 깜빡깜빡해.

배신자.

섭섭해도 어쩔 수 없어. 억울하면 너도 배신해. 이제 네 생각 좀 해. 가끔 심심할 때 엄마 생각도 해 주면 고맙고.

그때 띠릭, 엄마와의 대화를 방해하는 문자가 왔다. 은혜 칼국시였다.

친이모 아님, 휴!

휴!

어쨌든 은혜 칼국시와 촌수를 따질 필요는 없게 되어 다행이었다.

어느새 나는 흔들의자에 앉았다. 앉을 때마다 삐걱대던 흔들의자는 아무 소리를 안 냈다. 상처가 저절로 치유가 된 건가. 비결은 뭘까. 비생산적인 생각들을 하다가 까무룩 잠이 들었다. 아득히 길고 스펙터클한 하루였다.

다음 날 오후, 카페 빈둥에는 손님이 많았다. 추석 연휴에 고향에 왔다가 차례를 지내고 산책 나왔다가 들른 모양이었다. 손님이 없는 한가로운 시간에는 둔탁한 소음이 들렸다. 망치로 뭔가를 만드는 듯했는데 그게 무언지 알고 싶지는 않았다. H는 수시로 뭔가를 고치고 만들며 소음을 일으켰다. 그 소음에 어느 정도 익숙해졌다. 익숙해지는 게 편안하고 한편 두려웠다.

온종일 침대 머리맡에 쌓아 둔 시집을 끼고 살았다. 습작을 하고 그림을 그리고 다시 시를 읽었다. 시에 중독되는 느낌이 들었고 그래서 버틸 수 있었다. 시는 시시하고 때론 시궁창 같았던 내 일상에 시시때때로 파고들어 마음을 촉촉하고 말랑하게 만들어 주었다. 그러다가 우연히 만난 안도현의 시. 안도현이라면 나도 안다. 연탄재 시인. '너에게 묻는다'라는 시는 국어 선생님들이 시 수업할 때 종종 활용하는 시였다.

'스며드는 것'이라는 제목의 시를 읽었다. 할머니가 만들어 준 간장게장이 생각나다가 갑자기 울컥했다.

스며드는 것

안도현

꽃게가 간장 속에

반쯤 몸을 담그고 엎드려 있다

등판에 간장이 울컥울컥 쏟아질 때

꽃게는 뱃속의 알을 꺼안으려고

꿈틀거리다가 더 낮게

더 바닥 쪽으로 웅크렸으리라

버둥거렸으리라 버둥거리다가

어찌할 수 없어서

살 속으로 스며드는 것을

한때의 어스름을

꽃게는 천천히 받아들였으리라

껍질이 먹먹해지기 전에

가만히 알들에게 말했으리라

저녁이야

불 끄고 잘 시간이야

엄마도 하루가 다르게 야위어가면서도 늘 내 걱정이 늘어졌다. 수시로 내 손을 잡고 나를 품에 안으며 다정한 목소리로 나를 다독였다. 몸속으로 간장이 스며들 때 알을 품고 있던 게처럼. 눈물이 그렁그렁하더니 사물이 뭉개져 보였다. 슬픔은 밤낮을 가리지 않는다. 장소를 가리지도 않는다. 소강상태도 없이 실시간 대기하다가 방심한 틈에 잠입해 내 존재 전체를 폭풍처럼 뒤흔든다. 슬픔은 소화도 잘 안 된다. 누군가는 소화를 잘 시키기 위해 여행이나 자기계발서 읽기나 긍정적인 사고를 권하지만 그게 말처럼 쉽지 않다. 굳이 그러고 싶지도 않다. 일정한 형체가 없는 슬픔의 수렁은 생각보다 깊고, 항시 시꺼먼 아가리를 쩍 벌리고 있다. 두렵지만 차라리 슬픔에 심취해 엄마의 죽음을 충분히 애도하고 싶다는 생각이 든다.

또 하루가 지났다. 찜질을 몇 번 하고 압박 붕대를 감았더니 다행히 발목의 부기와 통증은 가라앉았다. 숲숲에 가려고 운동화를 신었다. 카페 앞마당에는 낯익은 의자 하나가 놓여 있었다. 엄마 의자였다. 뭐지? 도깨비에 홀린 기분이었다. 분명히 좀 전에 내 방 안에 있었는데, 순간 이동을 했나? 고개를 갸웃대며 다가갔다. 가라앉았던 분노가 다시 치밀었다. 나는 의자를 들고 카페 안으로 쳐들어갔다.

"내 물건에 손대지 마요."

내 경고성 발언에 커피 로스팅을 하던 H가 고개를 내밀었다.

"무슨 일이니?"

"이거 보고도 몰라요."

"아, 그거. 그러니까……."

"됐어요. 변명 지긋지긋해."

나는 의자를 챙겨 들고 낑낑대며 2층으로 올라갔다. 현관문을 쾅 닫고 발뒤꿈치로 거실을 쿵쿵 걸어 다녔다. 내심 그 소리가 1층에 있는 H에게 들리기를 바랐다. 나는 망설이지 않고 방문을 확 열어젖혔다. 어? 이게 어떻게 된 일이지? 엄마 의자는 제자리에 있었다. 나는 망연하게 두 의자를 번갈아 바라보았다. 엄마 의자와 닮았지만 엄마 의자는 아니었다. 색도 나뭇결도 미세하게 달랐다. 근데 엄마 의자와 쌍둥이처럼 닮았다.

온몸에 소름이 돋았다. 그럼 엄마 의자도 H가 만들어 준? 엄마가 이 낡은 의자를 신줏단지 모시듯 했다는 사실이 떠올랐다. 커피를 마실 때도, 책을 읽을 때도, 멍 때릴 때도 이 의자만 애용했다. 가끔은 의자를 쓰다듬고 의자하고 대화도 나누었다. 의자를 빼고 엄마를 설명할 수는 없었다. 내가 의자를 챙겨온 이유였다. 그리고 문득 드는 생각. 엄마한테 이 의자는 무엇이었을까. H한테 이 의자는 무엇이었을까.

비밀

곡절 많았던 추석 연휴가 끝났다. 드디어 학교 가는 날. 평소보다 더 일찍 눈이 떠졌다. 할머니가 쑤어 놓은 단호박죽을 몇 술 뜨고 집을 나섰다. 이웃집 담장 넘어 뻗어 나온 감나무 가지에 주황색 감이 탐스럽게 달렸다. 문득 어릴 적 할머니가 숟가락으로 홍시를 떠먹여 주던 일이 떠올랐다. 할머니표 홍시 아이스크림도. 생각난 김에 할머니한테 전화를 걸었다.

"아침부터 집 앞 공원에서 까치가 울더니 우리 겸이 전화 받으려고 그랬나 보다. 밥은 먹었고?"

"응. 단호박죽. 맛있었어. 안 달고."

"그랬어? 다행이네. 입에 맞아서. 또 해 줄게."

"오늘 뭐 해?"

"뭐 하긴. 노래 교실도 가고, 동네 책방에도 가고, 고아원에 봉사 활동도 가고, 할머니 바빠. 참, 그리고 그림도 그려. 너희 엄마 그림 솜씨가 어디서 나왔나 싶었는데 이 할미한테서 나온 거였더라고. 나도 아주 깜짝 놀랐지 뭐니. 네 엄마 말로는 외국에 엠마 스턴이라는 노인네가 일흔두 살에 화가가 되었대. 나라고 그 할마씨보다 못하라는 법 없잖아. 그렇지 않니?"

"멋지네. 기분 좋아. 할머니 잘 사는 거 같아서."

"엄마가 전부라고 생각하지 마. 겸이 인생 즐기며 살아도 돼. 엄마도 당연히 그걸 바랄 거고."

할머니는 내 맘속에 들어왔다 나온 것처럼 말했다. 그게 눈물겹게 든든하고 고마웠다.

"할머니나 잘해. 입맛 없어도 끼니 거르지 말고, 감기 걸리지 말고, 따뜻한 보리차 자주 마시고. 할머니 이맘때 늘 감기 달고 살잖아."

"네가 할미 걱정을 왜 해? 애늙은이처럼."

"할머니, 나 너무 걱정하지 마."

"걱정 안 해. 믿으니까. 누구 손준데."

"할머니, 끊어야 돼. 학교 다 왔어. 안녕. 또 전화할게."

곧 울음이 섞여 나올 것 같아 핑계를 대고 급히 끊었다.

고개를 젖혀 하늘을 보았다. 파란 하늘에 새털구름이 펼쳐졌다. 나는 보폭과 속도를 줄이며 숲숲을 지나갔다. 갈림길에서 얼마 전에 갔던 산 쪽으로 눈길을 던졌다. 단풍과 계곡과 암자와 고양이가 선연히 떠올랐다. 그날 가슴을 흔들었던 시와 산 정상에서 엄마를 불렀던 일까지. 메아리가 귓전에 맴도는 것 같았다.

교문에 들어서자 교기 선수들이 단체로 운동장을 돌며 체력 단련 중이었다. 맨 앞에서 씩씩하게 뛰는 은혜 칼국시가 이토록 반가웠던 적은 없었다. 설마 내가 업혔던 일을 동네방네 떠벌리지는 않겠지? 몸무게만큼이나 입도 무거웠으면 하는 바람이 간절했다.

오늘은 숨숲에서 시 수업이 진행될 예정이었다. 전학 오기 전의 학교에서는 상상도 할 수 없었던 수업이었다. 점심을 먹고 교문 앞에 모여 숨숲으로 향했다. 애들은 삼삼오오 짝을 맞춰 이동했지만 나는 혼자였다. 오전 내내 독서 삼매경에 빠졌던 은혜 칼국시는 훈련을 받으러 간 상황이었다. 아쉬웠다. 은혜 칼국시가 쓴 시는 어쩐지 허를 찌르고 위트가 넘쳐 인기 폭발이었을 것 같은데.

숨숲 입구 오른쪽 작은 공터에서 담임이 박수를 치며 애들을 불러 모았다. 그러고는 손나팔을 만들어 "주목!" 하고 외쳤다.

"시를 잘 쓰는 데 특별한 기술이 있는 건 아니지만, 그래도 선생님이 아는 팁을 몇 가지만 소개하고 시작할까 해요."

담임은 숨을 한 번 고르더니 말을 이었다.

"어떤 걸 쓰는 게 중요한 게 아니라 어떻게 쓰는가가 중요해. 거기에 자신만의 철학을 가미하면 멋진 시가 탄생하지 않을까? 좀 거창하게 표현하자면, 영혼의 허기를 채울 수 있는?"

몇몇은 고개를 끄덕였고, 몇몇은 한눈팔거나 장난을 쳤다.

"감정을 칠렐레팔렐레 흘리지 말고 절제의 미덕을 발휘하는 것도 중요해요. 주절주절 설명하기보단 간결하게 압축을 하면 더 여운이 남고, 행간의 숨은 의미를 찾는 건 독자의 몫인 거죠. 마치 숨은그림찾기처럼 말이에요. 그게 시만이 가지는 매력 아닐까. 한 마디로 가지치기, 혹은 다이어트를 하라는 거지. 수제비 만들 때 밀가루 반죽하고 숙성을 시키잖아요. 그래야 식감이 차지고 쫄깃하니까. 시도 마찬가지. 시간을 충분히 갖고 숙성시키면서 수정, 수정, 또 수정해야 해요. 자, 그럼 지금부터 선생님이 호루라기 불 때까지 시작! 너무 멀리 가지 말고. 간식 챙겨온 거 먹느라 시간 다 허비하지 말고. 돌아다니다가 휴대폰 게임 하면 압수에 벌점."

담임 말이 끝나기 무섭게 애들은 여기저기로 흩어졌다. 나는 혼자 숲숲 바깥으로 난 좁은 길로 걸어가다 냇물이 보이는 벤치에 앉았다. 숲숲과 처음 만났을 때 이곳에 앉아 그림을 그리고 글을 썼던 기억이 났다. 눈을 감고 바람과 햇살을 느꼈다. 눈을 뜨고 냇물을 하염없이 바라보았다. 문득 휴대폰 메모장을 열었다. 얼마 전, 달팽이를 보고 쓴 메모가 있었다. 머릿속에 시상이 둥둥 떠다녔다. 그걸 하나씩 낚아 올려 시를 썼다. 수정하고 수정하고 또 수정했다.

한 시간쯤 지나자 호루라기 소리가 들렸다. 공터에 있는 느티나무 밑으로 애들이 모여 들었다. 담임은 고개를 들어 숲을 음미하듯 찬찬히 둘러보고는 말했다.

"학교 근처에 이런 숲이 있다는 건 축복이야. 오늘은 계절도 날씨도 더할 나위 없이 좋네. 시 쓰고 낭송하기 딱인 달이다, 그치? 그래서 시월인가?"

애들은 담임 기분을 맞춰 주려는 듯 대체로 고개를 끄덕였다. 박재민이 "이월은 이빨 쓰는 달이고 팔월은 팔 쓰는 달인가?" 하며 구시렁댔지만 담임은 기분을 망치고 싶지 않은 듯 그냥 넘어갔다. 그러고는 흡족한 미소를 띤 채 음, 음, 목소리를 가다듬었다.

"자, 누구부터 낭송해 볼까?"

잠시 침묵이 흘렀다.

"퍼뜩 해 보자카이."

담임이 맛깔나게 사투리를 구사하자 다들 폭소를 터뜨렸다. 하지만 이내 하늘이나 숲속을 바라보거나 나뭇가지로 땅바닥에 낙서를 하면서 딴전을 부렸다.

"수행 평가 태도 점수에 적극 반영할게."

담임이 점수로 꼬드겼지만 선뜻 나서는 애는 없었다.

"조커, 아니 전학생 시켜요. 저번에 말하는 거 들어 보니까 시 무지무지 잘 쓸 것 같던데."

박재민이 옆 친구와 손장난을 치며 이기죽거렸다. 몇몇 애들이 키득댔다. 조커. 어느 순간 평생 동행해야 할 별명이라는 생각이 들었고, 발끈할 일은 아니었다. 게다가 여긴 숲숲이었다.

"박재민, 오늘 수업 목표는 시를 곁에 두고 사랑하기, 시와 사귀기인데, 재민이는 시와 한참 멀어질 것 같은 불길한 예감이 든다."

담임은 정색하며 박재민을 뚫어지게 바라보았다.

"하고 싶을 수도 있잖아요. 물어나 봐요."

박재민이 기어 들어가는 목소리로 말하자 담임도 나를 지목했다.

"먼저 해 볼래? 겸이가 어떤 보물을 찾았는지 살짝 궁금하긴 하네."

못 할 이유가 없었다. 나는 벌떡 일어나 앞으로 걸어 나갔다. 애들은 '오!' 하며 박수를 쳤다. 숨을 고르고 낭송을 시작했다. 새소리, 바람 소리, 바람에 나뭇잎 사락거리는 소리가 배경 음악이었다. 순간 모두 숨을 죽였다.

바닥을 보며 걷는 일

하마터면 달팽이를 밟을 뻔했던

아찔한 순간을 겪은 뒤

묵념하듯 바닥을 보며 걷는 일이 잦아졌다

연일 마음은 바닥을 치고

바람마저 두 뺨을 호되게 치고

뚜렷한 대상도 없이 치기를 부리다 보면

느닷없이 내 바닥과 대면하는 순간이 있다

발버둥이란

가령 닳고 닳은 동아줄이라든가

느슨한 끄나풀이라든가

하다못해 한 가닥 지푸라기나마 부여잡고 있을 때

치는 것, 그러므로 나는

삶의 일시정지 버튼을 누르고

하염없이 내 바닥을 바라볼 뿐, 바라만 볼 뿐

유폐시켜 놓았던 감정의 찌끼들이

갈비뼈에 들러붙어

견고한 성을 구축하고

장기는 오작동을 일으켜

존재마저 뒤틀리고 마모되는, 그 살벌한

파노라마를 목도하는 순간

해독하기 힘든 감정들이

촛농 같은 눈물로 흘러내려

건조한 바닥을 적신다, 그리하여

조심스레 재생 버튼을 누르면

새로 편집된 바닥에 존재의 실뿌리가 내리고

비로소 첫발을 내디뎌야 할 때

더는 나를 홀대하지 말고,

조급해하지도 말고, 달팽이처럼 자기만의 속도로

시 낭송을 마치자 안도의 한숨이 떨려 나왔다. 담임이 박수를 치자 애들도 따라 쳤다. 바람이 불자 단풍든 나뭇잎들도 박수를 치며 떨어져 내렸다.

"달팽이를 보고 저런 생각을 하다니. 근데…… 음, 자의식 과잉 같다고 할까. 시에 힘을 조금만 빼면 훨씬 담백할 것 같긴 한데. 그래도 이 정도면 훌륭. 사람을 좀 찔리게 하는 구석도 있고. 언제 나도 내면의 바닥을 한 번쯤 들여다봐야겠다는 생각이 드네. 그나저나 겸이, 시 습작하니? 언제부터?"

담임 질문에 나는 "그냥 뭐……." 하면서 얼버무렸다. 자의식 과잉이라는 게 뭔지, 시에 힘을 뺀다는 게 어떤 건지, 담백한 건 또 어떤 건지 감이 오지 않았다. 무엇보다 내가 쓴 게 과연 시가 맞는지 확신할 수 없었다.

"파블로 네루다의 시 구절처럼 시가 너에게로 온 거야?"

담임이 연이어 물었지만 나는 무슨 말인지 몰라 어리둥절했다. 담임은 평가지에 뭔가를 메모했다.

다시 낭송이 시작되었다. 몇몇 애들은 휴대폰으로 배경 음악을 틀고 시를 낭송했다. 애들은 장난스러운 시에 폭소를 터뜨리기도 하고, 가슴을 흔드는 시에 탄성을 터뜨렸다. 내 인생 최고의 수업이었다.

그날 방과 후, 문예반 활동이 있었다. 다음 주에 있을 '작가와의 만남' 행사 대비 모임이었다. 학교에선 연례 행사처럼 강연회를 열곤 했는데 썩 좋은 추억은 없었다. 희망자만 시청각실에 모아 놓고 진행해

도 애들은 수시로 화장실을 들락날락하고, 대놓고 장난을 치거나 몸
싸움을 벌이고, 심지어 강사를 향해 야유를 퍼붓기까지 했다. 강사조
차 빨리 마치고 이 지옥을 벗어나야겠다는 일념으로 영혼 없는 강연
을 이어 나갔고, 나처럼 꾸벅꾸벅 조는 애는 양반 축에 속했다.

2학년 선배인 문예반 반장 주도 하에 역할 분담을 했다. 2학기 때
가입했다는 이유로 나한테는 비중 있는 일이 배정되지 않았다. 그냥
짐 옮기고 홍보물 붙이는 등 허드렛일이었다. 그래서 섭섭한 게 아니
라 흡족했다.

모임이 대충 마무리가 되자 바람 좀 쐴 겸 운동장으로 나왔다. 운동
장 한쪽 구석에 익숙한 기합 소리가 들렸다. 은혜 칼국시가 맹연습 중
이었다. 아직 그때 일에 대한 보답도 하지 못했다. 나는 주뼛주뼛 다
가갔다.

"와? 한번 던지 볼라꼬? 이기 쉬워 보이제? 니가 워낙 비실비실해
서 포환을 들 수나 있을란가 모루겄다."

은혜 칼국시가 빈정대며 하는 말에 자존심이 확 상했다. 나는 충동
적으로 포환을 만졌다. 순간 묵중한 무게를 감당 못 할 것 같은 불길
한 예감이 들었다. 휘청하다가 고꾸라지기라도 하면 망신살 제대로
뻗칠 일이었다.

"안 된다. 그거는 니한테 억수로 무겁다. 그래, 이 여자용이 적당하
겠다. 요걸로 해라."

나는 이맛살을 찌푸렸지만 속으론 안심했다.

"에이, 괜않다. 너무 속상해하지 마라. 내처럼 건장한 여자가 있는 것처럼 연약한 남자도 있는 법 아이긋나. 내는 다양성을 존중한대이."

은혜 칼국시가 음흉한 미소를 띤 채 말했다. 나는 주먹을 불끈 쥐었다. 허리를 곧추세우고 다리에 순간적인 힘을 주며 들었다가, 바로 놓았다. 아니 놓쳤다고 해야 더 정확한 말일 거다. 이럴 바에야 차라리 남자용 제일 무거운 포환이 나을 뻔했다.

"아서라, 아서. 아가야. 그카다 다칠라."

은혜 칼국시가 재미를 붙인 듯 놀리다가 배꼽을 잡고 넘어갔다. 지나가던 애들이 이상한 눈초리로 처다보았다. 은혜 칼국시는 남의 시선은 아랑곳하지 않고 결연한 표정으로 포환을 번쩍 들었다.

"음음, 잘 들으래이. 포환던지기 동작은 준비 동작과 이동 동작, 던지기, 리버스로 나뉘어진대이. 준비 동작은 포환을 턱밑에 가깝게 밀착시키고, 요렇게 요렇게, 던질라 카는 방향의 반대쪽을 향해 낮은 자세를 취하면서 디딤발로 몸을 지지해야 된대이. 요때, 포환을 쥔 손이 어깨선보다 아래로 내려오거나 뒤쪽으로 움직이면 안 된다. 알긋나?"

은혜 칼국시는 누가 선수 아니랄까 봐 장황하게 설명을 덧붙였다. 그러고는 내 자세를 교정해 주었는데 은혜 칼국시의 불룩한 가슴이 눈앞에 어른거렸다. 힘이 쑥 빠지는 통에 나는 포환을 놓치고 말았다. 아찔한 순간이었다. 자칫 잘못했다간 발등을 찧을 뻔했다.

"아, 아쉽다. 보낼 수 있었는데."

은혜 칼국시가 흰소리를 하며 다시 시범을 보였다. 묵직한 포환이

포물선을 그리며 날아가다가 둔탁한 소리를 내며 바닥에 떨어졌다. 나도 모르게 입이 쩍 벌어졌다. 은혜 칼국시는 어깨를 으쓱할 뿐이었다.

"이기 어렵나?"

"좋겠다. 힘이 장사라서."

"와? 부럽나?"

"졌다. 부럽네."

은혜 칼국시와의 시답잖은 대화가 정겹게 느껴졌다. 하늘은 여전히 파랬고, 신선한 바람이 불어와 땀을 식혔다.

"접때 일은 고마웠다. 평생 비밀로 해 준다면 햄버거 기프티콘 날릴게."

"평생 비밀 보장용치고는 너무 약소한 거 아이가? 쪼잔한 놈."

은혜 칼국시가 피식 웃으면서 내 머리를 비볐는데 두개골이 흔들리는 기분이었다.

해가 서산 쪽으로 기울고 있었다. 석류빛으로 물든 노을은 봐도 봐도 황홀했다.

집에 돌아와 엄마 의자에 앉아 시집을 읽었다. 시 한 편 한 편이 그대로 몸에 흡수되는 느낌이었다. 어쩌다가 시를 읽는 사람이 되었는지 아연하고 신기했다. 문득 수업 시간에 선생님이 말했던 외국 사람 이름이 떠올랐다. 휴대폰으로 인터넷 검색을 해 보았다. 여러 번 실패 끝에 찾아낸 결과가 주르르 나왔다. 세상에 대한 따뜻한 시선으로 사랑과 일상에 대해 노래한, 칠레의 민중 시인이며 국가적 영웅으로 칭

송 받는 시인, 파블로 네루다. 그리고 연관 검색어로 있는 '시가 내게로 왔다'.

호흡을 가다듬고 시를 읽어 내려갔다. 잠시 뒤 털끝이 쭈뼛 서고 소름이 오소소 돋았다. 마치 속마음이 들킨 것 같은 기분. 나 역시 그랬다. 어느 날 우연히, 시가 내게로 왔다. 내게로 와 가슴속을 파고들고 심장을 건드렸다. 슬픈 마음을 위로해 주고 외로움을 달래 주고 친구가 되어 주었다. 나는 파블로 네루다가 쓴 시를 내 식대로 바꾸어 보았다.

그러니까 어느 날 불현듯이, 왔어, 시가 내게로

시는 내 마음의 문 언저리에 다가와

조심스레 노크를 했어

몰라, 어디서부터 왔는지

어떤 모습이었는지

그때 내 영혼은 허기져 있었고

나는 내가 만든 방에 나를 가둔 채 방치했어

그 방은 어두컴컴하고 눅눅했어

구석엔 거미줄이 쳐져 있었는데

나는 가끔 거미줄에 걸려 발버둥치곤 했어

꾸준하고 집요하게 나를 괴롭혔지

날마다 한숨을 쉬며 검은 숲속을 거닐었어

난데없이 시가 내 방의 울타리를 넘어 들어오기 전까지

시는 거미줄을 걷어내고 징을 울렸어

소리는 그윽하게 울려 퍼졌지

암막이 서서히 걷히고 햇살이 무더기로 들어왔어

검은 숲은 푸른 숲이 되었고

동면 중이던 내 감각들이 미세하게 되살아나기 시작했어

이슬이 수증기가 되어 날아가고

햇빛은 영롱하게 반짝이고

새들이 청랑하게 지저귀고

바람이 선들 불고

나뭇잎이 하늘하늘 흔들렸어

심장에 불꽃이 튀어 오르는 순간이었지

나는 시가 내미는 손을 기꺼이 잡았어

시가 내주는 품에 기꺼이 안겼어

나는 시의 바람을 타고 날아가

잔잔한 물결 위에 내려앉았어

그러다가 일렁이는 시의 파도를 타고

소용돌이치다가 곤두박질치다가

막 솟구쳐 올랐어

시는 내 속에 깃들었고, 그리고

나는 보았지

시의 숲을

시의 하늘을

시의 세상을

온통 시로 구성된 내 우주를……

순간 사위가 고요해지고 가슴은 시가 내뿜는 온기로 충만해졌다. 파블로 네루다 할아버지가 내가 쓴 시를 본다면 콧방귀를 뀔지도 모르지만 이 순간만큼은 시와의 만남이 운명 같았다. 그렇다고 시에 내 모든 영혼을 불사를 생각은 없었다. 지금은 시랑 손잡고 때론 어깨동무하며 편안하게 걸어가고 싶었다.

엉킨 실타래 같은 시간이 흘러갔다. 풀리는 듯하다가 더 엉망으로 엉키기도 했다. 문득 정신을 차리고 보니 일주일이라는 시간이 훌쩍 지났다.

예정된 작가와의 만남 행사가 내일로 바짝 다가왔다. 이번엔 교장 선생님이 직접 섭외하신 분인데, 우리 학교 출신 작가라고 했다. 서창섭 시인. 휴대폰으로 검색해 보니 시집 두 권에 산문집을 한 권 냈고 판매지수는 거의 바닥이었다.

6교시로 정규 수업이 끝난 뒤, 문예반 아이들은 시청각실에 모였다. 나는 토를 달거나 문제 제기를 하지 않고 내 임무에 충실했다. 무대를 꾸미고 시인과 관련된 자료들을 골판지에 붙이고, 시인에게 하는 질문이 적힌 포스트잇을 화이트보드에 붙였다. 그러고는 파티션이나 소파, 의자 같은 것들을 옮겼다.

"먹고 하자!"

잠시 밖에 나갔던 담임이 까만 봉지를 흔들며 들어오자 모두들 환호했다. 카드 섹션을 만든다고 부산을 떨던 여자애들이 몰려와 봉지 속에 든 떡볶이와 김밥을 꺼냈다. 나무젓가락으로 김밥을 집어 떡볶이 국물에 적셔 먹었다. 이렇게 맛있어도 되나 싶을 정도로 꿀맛이었다. 친구들과 함께 먹는 분식이라니! 심장이 조금 펄떡거린 것도 같았다.

"내일 작가와의 만남 끝나고 뒤풀이할 건데 우리 문예반 참석하기로 했어. 물론 희망자에 한해서. 작가님이 우리 학교 문예반 출신인 거 들어서 알지? 후배들에 대한 정이 각별하신가 봐. 읍내 은혜 칼국시. 6시 30분. 각자 검색해서 찾아와. 시인님 추억이 깃든 장소래."

은혜 칼국시라고? 아무도 불참 의사를 밝히지 않았다. 나는 갈까 말까 마음의 갈피를 못 잡았다.

"헐. 시인님 참 소박하고 서민적이다. 최근에 그 근처에 멋진 카페도 생겼다 카던데. 우리 언니야가 댕기왔는데 완전 핫플레이스래. 주인아저씨가 엄청 친절하고 이국적이고 잘생겼단다, 야들아. 커피 맛도 거의 죽음이라 카고."

문예반 반장이 한껏 들떠서 설레발을 치자 여자애들이 우르르 몰려들었다.

"어딘데, 어디?"

"카페 빈둥인가 뭔가던데, 잠깐만."

문예반 반장이 휴대폰으로 검색을 하더니 보여 주었다.

"페이스북 페이지도 있고 인스타도 있더라. 이거 봐라. 요런 촌구석에 대박이다아이가."

"거기 별로야."

내 뜬금없는 말에 애들이 입을 삐죽이더니 하던 이야기를 계속했다. 나는 한낱 사기꾼에 불과한 사람이 할 일 없이 빈둥거리며 만드는 커피고, 엄청 비위생적이고 써서 보통 사람들은 입에도 못 댄다고 말하고 싶은 충동을 간신히 참았다. H가 운영하는 카페 빈둥이 페이스북이나 인스타에서도 찾을 수 있는 곳인지 몰랐다. 게다가 핫플레이스라니, 고양이가 멍멍 짖을 일이었다.

대충 정리가 끝난 시각은 밤 아홉 시 반이었다. 나는 애들이 나누는 대화가 불편해 일이 있다는 핑계를 대고 먼저 빠져나왔다. 뒤에서 뭐라고 구시렁대는 소리가 들려왔지만 그냥 무시했다. 뒷담화를 까더라도 상관없었다. 내 귀에 들려오지 않을 테니까. 그래서 뒷담화니까.

다음 날, 작가와의 만남은 예정된 시간보다 약간 지체되었다. 서창섭 시인이 늦게 도착한 까닭이었다. 우리 고장이 낳은, 우리 학교 출신 시인 서창섭은 어떤 양해도 구하지 않았다.

작가와의 만남 시간은 반응이 뜨뜻미지근했다. 서창섭 시인은 자신이 얼마나 대단한 사람이었는지에 초점을 맞추었고, 중간 중간 자신의 시를 낭송했으며, 그 시를 창작하게 된 사연을 이야기로 풀어 냈지만 요즘 십 대들의 공감을 얻어 내는 데는 실패했다. 한 시간 반은 지루하게 흘러갔고 주의를 끌 만한 말과 가슴속을 파고든 말은 한마디도 없었다. 시청각실 분위기는 예상대로 어수선했고, 담임은 분주하게 돌아다니며 엄포를 놓았지만 역부족이었다.

결국 뒤풀이에 나도 참석하게 되었다. 은혜 칼국시 식당 앞에 모여 안으로 들어가려는 순간, 한 무리의 사람들이 밖으로 나왔다. 은혜 칼국시가 앞치마를 걸친 채 식탁을 치우다 말고 다가오자 담임이 눈을 똥그랗게 뜨고 물었다.

"네가 왜 여기? 설마 알바?"

"샘, 여 식당 이름이 뭔지 함 보이소. 은혜 칼국시잖아요. 우리 샘, 감이 마이 떨어지셨네."

"은혜 칼국시에 은혜가 송은혜, 너니? 대박. 근데 왜 말 안 했어?"

"제 이름 대고 외상 달아 놓고 먹튀할지 누가 압니까?"

"아, 네. 어련하시겠어요."

은혜 칼국시는 입을 씰룩거리며 하던 일을 마저 했다. 애들은 담임과 은혜 칼국시의 만담 같은 대화에 연신 키들거렸다.

"근데 전국 체전 얼마 안 남았다고 합숙한다 안 그랬어?"

"오늘 단체 손님 예약만 세 건이나 있다꼬, 할매가 훈련이고 나발이고 당장 안 오면 다리몽댕이 뿐질러 놓겠다고 협박해서 온 건데요. 아, 참. 감독 샘한테는 허리 아파서 한의원 간다 캤으니까 비밀로 해 주세요. 알겠죠?"

너무 당당한 거 아니냐고 몇몇 애들이 어이없어 하며 웃었다. 내가 보기에도 부탁조가 아니라 다분히 명령조였다. 때마침 훌라후프 할머니가 주방에서 소리를 질렀다.

"은혜야, 그리 씨부릴 시간 없대이. 거 퍼뜩 치우고 상 갖다 날라라."

"아, 예예, 할마마마. 여부가 있겠습니까? 당장 분부 받들어 모시겠습니대이."

은혜 칼국시는 불통했던 표정을 금세 바꾸고 종종걸음으로 오갔다.

문예반 애들과 담임은 은혜 칼국시가 안내해 준 방으로 들어갔다. 생각보다 공간이 널찍했다. 벽지는 수십 년 간 방치되었는지 누렇게 변했고, 벽은 물론 천장까지 낙서로 도배되어 있었다. 삼십 분쯤 지난 뒤에 주인공이 거만한 유력 정치인처럼 납시었다.

문예반 애들은 초롱초롱한 눈을 빛내며 서창섭 시인의 말 한마디 한마디에 귀를 기울였다. 나는 그냥 있기 뻘쭘해서 음식만 축냈다. 그러면서 여기까지 따라온 나 자신을 질책했다.

"여기 물 좀!"

은혜 칼국시가 기본 반찬을 세팅할 때 서창섭 시인이 손님은 왕이라는 듯이 주문했다.

"셀픈데요."

은혜 칼국시는 눈도 마주치지 않고 무람없이 말했다. 듣기에 따라

손님을 무안하게 할 수도 있는 말투였다.

"물만 셀프여? 공부도 인생도 뭐도 다 셀프여. 지 팔 지 흔들기, 몰러? 그기 내 인생 철칙이여. 로마에 가믄 로마법에 따라야 한담서. 여기서는 은혜 칼국시 법에 좀 따라 줬으믄 좋겠구먼. 요고는 우리 은혜 담임 선상님 오싰다 캐서 싸비스."

때마침 훌라후프 할머니가 부추전과 감자전을 내밀며 말했다. 담임이 감동 먹은 표정으로 맛을 보더니 양손으로 '엄지척'을 날렸다. 그때 서창섭 시인이 기다렸다는 듯 말을 던졌다.

"이모, 혹시 저 기억해요?"

"내가 벌쎄 치맨 줄 알어? 기억하다마다. 들어올 때 아는 척 안 하길래 쫓아내 뿔라 카다가 오늘 모처럼 매상 좀 올릴라꼬 꾹 참았다아 이가. 세월에 장사 없다꼬 니도 폭삭 늙었구마. 내하고 친구 묵어도 되겠다, 야."

할머니가 거침없이 쏘아대자 서창섭 시인은 당황한 듯 손사래를 쳤다.

"아이고, 걸걸한 입담 여전하시네. 그러니까 그 사고 이후……."

서창섭 시인의 말에 할머니는 석고상처럼 굳은 표정으로 자리를 피했다. 서창섭 시인은 잠시 머쓱해하더니 금세 화제를 바꾸었다. 그러고는 학교에서 풀어 놓았던 이야기를 재탕 삼탕 했다. 추억을 팔아 밥벌이하는 사람 특유의 서글픔이 묻어났다.

"여기 소주 1병이요!"

서창섭 시인이 대뜸 술을 시켰다. 담임은 학생들이 함께하는 자리인 만큼 술은 마시지 말자고 했지만 아랑곳하지 않았다. 서창섭 시인은 혼자 홀짝홀짝 술을 마셨다. 얼마 뒤, 자세가 흐트러졌고 와이셔츠의 손목과 목 부분의 단추가 풀어졌으며 눈과 입도 풀어졌다. 급기야 술주정에 가까운 횡설수설로 아까운 시간만 소모했다. 어느 순간부터 나는 언제 일어서야 하나 초조하게 타이밍만 보고 있었다. 곧 아홉 시였다. 힐끔 곁눈질을 하니 은혜 칼국시는 식탁 의자에 앉아 무료한 표정으로 휴대폰을 보고 있었다.

　얼마 뒤, 서창섭 시인이 비틀대며 화장실에 다녀왔다. 자리에 앉기 직전 들창 위를 뚫어지게 쳐다보더니 감개무량한 표정으로 말했다.

　"아, 이게 여태 있었네."

　거기엔 탈색되긴 했지만 여전히 선명한 글자들이 나열되어 있었다. 동산고 문예반 파이팅! 포에버!

　"학교 축제 끝나면 문예반 뒤풀이는 늘 여기서 했거든. 그 자식 부모님이 여기 주인이었어. 그때 쓴 낙서. 아, 갑자기 눈물 난다. 그 시절엔 우리의 뜨거운 심장 속엔 문학이 있었고, 낭만이 있었는데. 그나저나 그 자식은 뭐 하고 사는지 모르겠네."

　서창섭 시인은 다시 자리를 잡고 앉더니 눈을 감았다.

　"누구 말씀하시는 거예요?"

　줄곧 서창섭 시인의 말을 귀담아듣던 문예반 반장이 물었다.

　"있어. 동기 동창인데, 시 잘 썼던 놈. 질투 나게 무지 잘 썼던 놈. 아니, 시에 환장했던 놈."

나는 서창섭 시인의 말을 한 귀로 흘렸다. 화장실 가는 척하고 집으로 갈까? 가방은? 은혜 칼국시한테 부탁할까? 별별 생각이 다 들었다. 그러다가 갑자기 우유부단하고 남 눈치만 보는 내가 너무 지겨워 가방을 움켜쥐고 벌떡 일어섰다.

"이희백."

순간 엉거주춤하던 나는 다시 털썩 주저앉고 말았다. 목덜미 속으로 얼음을 넣은 것처럼 등골이 오싹했다. 흔한 이름이 아니었다. 엉뚱한 곳에서 타인의 입을 통해 H의 과거와 대면하게 되리라곤 상상도 못했다. H가 한때 시를 썼다니. 그것도 잘 썼다니. 믿기지 않았다.

"문학 영재라는 수식어를 달고 다녔지. 고3 때 전국청소년문예대전 대상 수상, 서울 유명 대학 문예창작과 수석 입학. 그해에 신춘문예 시 부문 최연소 당선. 주요 언론의 스포트라이트를 받았지. 다들 김소월에 버금가는 위대한 시인이 탄생했다고 했을 정도였으니까. 나중에는 이름 비슷하다고 이태백이 환생했다는 소문까지 나돌았어."

"우아, 우리 학교 출신 중에 그런 분이 계셨나요? 금시초문인데?"

내내 침묵하던 담임이 말문을 열었다.

"아주 크게 될 녀석이었죠. 그 일만 아니었어도."

"그 일…… 이라니요?"

서창섭 시인은 깊게 한숨을 토해 냈다. 고개를 젖히고 천장을 바라보았다. 다들 숨을 죽인 채 의아한 눈빛으로 서창섭 시인의 다음 말을 기다렸다.

"사고가 있었어. 끔찍한 사고가. 그리고 녀석은 사라졌고. 정말이지 하루아침에 뿅! 잠수."

"무슨 사고요?"

문예반 반장이 추궁하듯 물었고, 서창섭 시인은 갑자기 손으로 머리채를 쥐어흔들었다. 그러더니 벽에 뒤통수를 쾅 박았다.

"그 이야긴 그만하자. 애통하고 절통하다."

서창섭 시인은 소주 한 잔을 입안에 털어 넣었다. 아, 듣기 싫다고! 관심 없다고! 닥치라고! 나는 속으로 외쳤다. 공개 석상에서 H의 개인사가 까발려지는 건 몹시 께름칙했다.

"작가님, 너무 취하신 거 같아요. 오늘은 여기서 마무리하는 게 좋을 것 같습니다."

다행히 담임이 자리를 정리했다. 애들이 외투와 가방을 챙겼다. 서창섭 시인은 앉은 채로 옆으로 픽 쓰러졌다. 담임의 지시로 안경 쓴 남자애와 내가 서창섭 시인을 부축하며 일으켜 세웠다. 술 냄새가 훅 끼쳤다. 고주망태가 된 서창섭 시인은 팔을 뿌리쳤는데 힘이 한쪽으로 쏠린 탓인지 심하게 비틀거렸다. 그러다가 넘어지려는 순간 실수로 들창의 유리를 건드려 박살 내고 말았다. 외마디 비명 소리가 들렸다.

"아이고, 이기 무신 일이고. 술을 묵을라믄 곱게 묵을 것이지, 어린 학상들 보는 앞에서 채신머리없고로. 나이를 똥구멍으로 처묵었나, 쯧쯧쯧쯧."

홀라후프 할머니가 사이다 같은 말을 하며 손바닥으로 서창섭 시인 등짝을 후려쳤다. 은혜 칼국시도 애꿎은 애들한테 "아, 비끼라, 비끼 보라 안 카나." 신경질을 내며 빗자루와 쓰레받기로 유리 파편을 치웠다. 서창섭 시인은 고장 난 로봇처럼 연신 "죄송합니다." 하며 고개를 꾸벅였다. 나는 술에 취해 비틀대는 서창섭 시인을 뒤로하고 식당 밖으로 뛰쳐나왔다. 유리창이 깨지는 순간, 불현듯 그때 일이 떠올라 심장이 벌렁거렸다. 동네 개들이 동시다발적으로 짖었다. 닻에 매달아 심해 속에 수장하고 싶었던 기억들이 떠올랐다.

그 날

엄마는 호전되지 않는 병세에 지칠 대로 지쳤다. 나 역시 마찬가지였다. 삶의 안전핀은 빠지기 일보 직전이었고, 엄마가 평생 내 곁에 있을 거라는 신앙 같은 믿음은 모래성처럼 허물어졌다. 엄마는 수술과 화학 요법을 반복했고 심신은 극도로 피폐해졌다. 숨을 헐떡일 정도의 위급한 순간이 잦아졌다. 기적이 일어나기도 한다는 의료진의 희망 고문에 울화통이 치밀었다. 눈부신 발전을 이룩했다며 위세를 떨던 현대 의학의 힘은 적어도 내 입장에선 보잘것없었다. 같은 병실을 사용했던 암 환자가 사망하자 우울증은 엄마를 집어삼켰다. 죽어도 죽지 않겠다는 엄마의 의지도 상한 미역처럼 흐물흐물해졌다. 엄마는 내 앞에서 애써 명랑한 척 초연한 척 연기했다. 할머니 앞에서 탈모 때문에 썼던 모자를 벗어 던지며 몸에서 악취가 난다고 난동 부리는 모습을 목격하지 않았다면 그게 연기라는 걸 몰랐을 터였다. 시간이 좀 더 흐르자 엄마는 스스로를 제어하지 못했다. 감정 기복이 심해졌고, 내 앞에서도 포악을 떨었다가 금세 눈물로 사과했다. 곧 고비를 넘기지 못하고 새로운 파도가 덮쳤다. 답이 안 보였고 삶은 달걀 서너 개를 물도 없이 먹은 것처럼 숨이 막혔다. 마음은 너덜너덜 훼손되었다. 어떨 땐 병원 냄새가 토 나올 정도로 싫었다. 이런 거지 같은 상황에서 하루빨리 벗어나고 싶었다. 내 마음 한구석에 그런 욕망이 종양처럼 자라나는 게 가증스러워 참을 수가 없었다.

"더 이상 손을 쓸 수가……, 마음의 준비를 하셔야……."

병실 앞에서 의사가 말을 맺지 못했다. 흑, 할머니가 울음을 터뜨렸다. 화장실 갔다 오다가 우연히 그 말을 엿들은 순간 나는 숨이 멎는 기분이었다. 한참 뒤, 딸꾹질이 나왔다. 병실 문틈으로 엄마가 할머니를 부여잡고 눈물로 호소하는 모습이 보였다.

"엄마, 무서워. 죽기 싫어. 겸이 혼자 남겨 두고 떠나기 싫어. 어떡해, 엄마. 나 어쩌면 좋아?"

이대로 엄마 앞에 설 수가 없었다. 내가 엄마의 나약한 모습을 목격했다는 걸 들키면 안 된다는 걸 본능적으로 알았다. 내 인생에 할당된 시간의 몇 퍼센트 정도는 엄마한테 쓰고 싶을 정도로 절박한 순간이었다.

그날 나는 병원을 벗어나 밤이슬을 맞으며 멀리까지 헤매고 돌아다녔다. 데려가려면 H나 데려가지 왜 하필 엄마냐고 하늘을 향해 원망을 쏟아부었다. 그렇다고 달라지는 건 없었다.

이튿날 엄마는 항암 치료 포기를 선언했다. 극구 말리는 할머니한 테 엄마는 마른 미소로 대답했다. 이만하면 충분하다고, 시간을 더 이상 허비하고 싶지 않다고.

엄마는 결국 병원에서 피와 살과 생기와 웃음을 빼앗긴 채 집으로 돌아왔다. 호스피스도 거부했다. 그날 이후 엄마는 작업실 한 켠에서 뿌리 뽑힌 나무처럼 말라 갔다. 그러면서 집과 학교와 학원과 병원을 오가며 혹독한 시기를 보내느라 나조차도 돌보지 못해 병색이 완연 한 알로카시아에 집착했다. 마치 생의 공동 운명체나 되는 것처럼. 알 로카시아가 살아나면 엄마도 다시 새 생명을 얻는 것처럼. 보름이 지 나도록 회복될 기미를 보이지 않자 엄마도 기운이 점차 고갈되어 갔 다. 이럴 바에야 처음부터 어지간해서는 시들지 않는다는 유칼립투스 같은 걸 사다 놓지. 후회해도 소용없었다. 엄마는 식음을 전폐하다시 피 했고 죽음의 그림자는 스멀스멀 다가와 엄마를 휘감기 시작했다.

엄마는 진통제로 하루하루를 버텼다. 진통이 멎었을 땐 작업실 흔 들의자에서 해바라기를 하거나, 작업용 의자에 앉아 그림을 그리고 글을 썼다. 차가버섯 달인 물을 마시며 할머니와 두런두런 이야기꽃 을 피웠다. 창백한 꽃들이 해사하게 웃었다.

"그동안 내가 겸이를 키웠다고 생각했는데 착각이었어. 겸이 때문 에 내가 산 거니까 겸이가 나를 키운 거지. 살려고 최선을 다 안 한 것 같아 후회되고, 그게 겸이한테 너무 미안해. 나 떠나면 우리 겸이 혼 자서도 씩씩하게 잘 살 수 있겠지, 엄마? 그렇겠지?"

엄마는 허옇게 거스러미가 인 입술로 말했다. 목소리는 쉬고 쩍쩍 갈라지고 툭툭 끊어졌다.

"겸이 아빠하고는 몇 달째 연락이 안 돼. 이메일 수신 확인도 안 되고."

"이 서방 이야기는 그만하자."

할머니가 시선을 창밖으로 던지며 말했다.

"대신 엄마가 힘이 되어 줄 거지? 그렇지? 이런 부탁해서 미안해, 엄마."

"겸이가 왜 혼자야? 이 할미가 있는데. 그리고 겸이 누구보다 씩씩해. 심지도 곧고. 겸이 걱정일랑 접어 두고 네 걱정만 해. 그래도 돼, 응?"

순간 엄마 속에서 오열이 터져 나왔다. 할머니는 엄마를 안고 함께 울었다. 한참 뒤, 울음을 먼저 그친 할머니가 엄마 무릎 위 담요를 여며 주며 "울지 마, 기운 빠져." 타이르듯이 말했다.

"엄마, 나 피곤해. 침대."

할머니가 엄마를 부축해 휠체어에 앉히고는 안방으로 갔다. 나도 따라 들어갔다. 나는 엄마 손을 잡아 주었다.

"있지, 겸아. 나 죽으면, 아빠하고……."

엄마의 말에 저승꽃이 피는 느낌이었다.

엄마는 부쩍 '나 죽으면'으로 이어지는 말을 습관적으로 사용했고, 나는 그 말만 들으면 미칠 것만 같았다.

"엄마는 왜 엄마 생각만 해? 나더러 어쩌라고. 나 고아 돼도 좋아? 어떻게든 살려고 노력해야지, 툭하면 죽는대. 신비한 티브이 서프라이즈도 안 봤어? 세상 흔한 게 기적이야."

"미안해. 미안해. 겸아, 엄마가 정말 미안해. 미안한데, 제발 엄마 말 좀 들어 봐."

나는 고개를 저었다. 엄마가 마지막 말을 하는 순간 가슴속에서 미세하게 타오르는 촛불이 훅 꺼질 것만 같았다.

"겸이, 고아 아냐. 겸이가 왜 고아야. 아빠……."

"됐어, 그만둬! 알았어, 맘대로 해. 그렇게 죽고 싶으면 죽으라고!"

나는 방문을 쾅 닫고 대문 밖으로 뛰쳐나갔다. 왜 그런 몹쓸 말을 했을까. 너 같은 쓰레기 폐기 처분당해도 싸, 지옥에나 떨어져, 저주를 퍼부었다. 그날 나는 밤이 이슥토록 돌아다녔다. 밤안개가 짙었고 한 치 앞도 내다볼 수 없는 막막함은 극에 달했다. 엄마 없는 세상을 상상하는 건 힘들었고, 힘든 만큼 외면하고 숨고 싶었다. 그래서 더 어둠을 찾았는지도 모른다. 밤만 되면 정처 없고 하염없이 길을 쏘다니는 게 일상다반사였다.

새벽녘에 집에 돌아오니 엄마는 뜬눈으로 밤을 새운 것 같았다.

"밥은?"

엄마가 나를 애타게 기다리느라 위태롭기 그지없는 삶의 배터리를 사용했다는 사실에 폭발하고 말았다. 어쩌면 그건 나 자신에 대한 분노이기도 했다.

"왜 안 자고 기다려. 왜 그딴 걸 걱정해. 왜! 왜! 왜! 내 일 내가 알아서 해. 엄만 엄마 건강이나 신경 쓰라고, 제발!"

나는 그 길로 문을 박차고 다시 나갔다. 내가 그러고 나간 뒤 엄마는 어떤 마음이었을까, 그때는 생각하지 못했다. 동틀 무렵, 학교에 가야 할지 말아야 할지 고민하다가 빈손으로 학교에 갔다.

그날 학교에서 병든 닭처럼 시간을 보냈다. 관심 받는 게 싫어 수업 중에는 억지로 깨어 있었지만 수업 내용이 머리에 들어올 리 없었다. 사고는 생명과학 시간이 끝나고 터졌다. 여성의 몸에 대한 수업이었는데, 쉬는 시간에 교실은 유방에 대한 이야기로 떠들썩했다. 언제나 그랬듯 최상필 목소리가 도드라졌다.

"텔레비전에 의학 박사가 나와서 하는 말 들었는데, 유방을 자주자주 만져 줘야 유방암을 예방할 수 있대. 그러니까 이건 변태 짓이 아닌 거지. 사랑인 거지."

"레알?"

애들은 음탕하게 웃고 떠들었다. 나는 속으로 개쓰레기라고 욕을 퍼부었다. 그걸로 끝났으면 됐을 텐데, 애들은 심도 있는 탐구로 들어갔다. 서로의 가슴을 만지려고 몸싸움을 벌이고 쫓고 도망치다가 책상을 넘어뜨렸다. 교실은 난장판이었고 그들만의 세상이었다. 문제는 그다음이었다. 최상필이 내 가슴을 만지려고 집적대기 시작했다. 내가 팔꿈치로 툭 쳐 내자 콧방귀를 뀌었다. 그러더니 똘마니 두 명을 시켜 내 팔을 강제로 붙들게 하고 직접 가슴을 만졌다. 가슴에 용암이 들끓었다. 불꽃이 튀고 폭발이 일었다. 발버둥 치며 괴성을 질렀다. 크레이지 조커, 개병신, 또라이, 사이코라는 낱말들이 교실에 빗발쳤다. 엄마가 유방암 말기로 매순간 사투를 벌이고 있지 않았다면 평소대로 당해 주고 넘어갔을지도 모른다.

점심시간이었다. 급식도 건너뛰고 엎드려 있는데, 누군가 나를 흔들어 깨웠다. 상체를 일으켜 주위를 두리번거렸지만 아무도 없었다. 다시 엎드렸다. 얼마 뒤, 누군가가 내 뒤통수를 툭 쳤다. 복도를 지나가는 애들이 장난삼아 하는 짓 같았다. 시시덕거리는 소리가 들렸다. 주도자가 최상필이라는 건 불 보듯 뻔했다. 불뚝 화가 치밀어 올랐지만 늘 그랬듯이 꾹 눌렀다. 창문을 닫고 또 다시 엎드렸다. 잠시 뒤 창문 열리는 소리가 들리자 분노를 억제할 수 없었다. 주먹으로 유리창을 퍽 쳤다. 와장창, 유리창이 박살 나 파편이 흩어졌다. 동시에 앗! 비명 소리가 들렸다. 최상필이 복도에 주저앉았다. 눈가에서 피가 흘렀다. 간이 덜컥 내려앉았다. 나는 다리에 힘이 풀려 그 자리에 털퍼덕 무너졌다. 한참 뒤 담임이 올라와 상황을 통제하기 시작했다. 뒤늦게 주먹이 쓰라려 살펴보니 유리 파편이 박혀 있었다. 피가 새어 나와 바닥에 뚝뚝 떨어졌다.

방과 후, 담임은 교무실로 나를 따로 불렀다.

"보건실은 다녀왔니?"

나는 고개를 끄덕였다.

"왜 그랬니?"

사실대로 말하는 게 무슨 의미가 있나 싶었다.

"겸이한테 이런 면이 있을 거라고는 상상도 못했는데. 좀 충격이다."

담임은 자신의 평화로운 오후를 깬 게 탐탁지 않은 듯 크게 한숨을 쉬었다.

"천만다행이지 뭐니. 눈이라도 다쳤으면 어쩔 뻔했어? 상필이 어머님이 가만히 안 계실 것 같더라. 각오하는 게 좋을 거야."

담임은 경위서 한 장을 내밀더니 육하원칙에 따라 정확하게 작성하라고 지시했다. 담당 형사 같은 어조였다.

"이따가 어머님하고는 따로 통화할게."

"안 돼요."

나는 엄마가 유방암 말기라고 말할까 말까 고민했다. 결국 침묵을 선택했다. 형식적인 위로를 받고 동정을 사는 것보다 그 편이 나았다.

"어쨌든, 이번 일 그냥 못 넘어가. 최악의 경우……, 아니다. 일단 지켜 보자."

담임이 삼킨 말이 뭐였을까? 강제 전학? 자퇴? 하나도 겁나지 않았고 어떤 결정이 내려져도 상관없었다. 선처를 베풀어서 교내 봉사를 하게 된다고 하면 거부할 용의까지 있었다. 나도 모르게 사태가 악화되길 바랐고, 그 일의 파장은 상상을 초월했다.

유난히 엄마 컨디션이 좋아 보이는 날이었다. 그래서 더 불안한 날.

"엄마, 나 믹스커피 한 잔만."

"우리 딸 오늘 기분이 베리 굿인 모양이네. 근데 몸에도 안 좋은걸."

"마시고 싶어."

할머니는 엄마 머그잔에 커피를 타 주었다. 엄마는 커피 한 모금 마시고 세상 근심 다 사라진 듯 미소를 지었다. 하필이면 그때 담임한테서 전화가 걸려왔다. 한참 통화를 하던 엄마 얼굴에 그늘이 짙어졌고 목소리는 떨려 나왔다.

"분노 조절…… 장애…… 라뇨. 아니 그럴 애가 아닌……."

엄마는 들고 있던 커피 잔을 떨어뜨렸고, 잔은 와장창 깨졌으며 커피가 튀어 분홍색 수면 양말을 적셨다. 엄마는 통증을 호소하며 바닥을 뒹굴었고 얼굴은 마구 일그러졌다. 할머니는 급히 119를 불렀고, 그날 해질 무렵, 엄마는 떠났다, 영영. 눈앞이 암전된 듯 깜깜했다. 지는 해를 걷어차 다시 띄우고 싶었다. 나는 재앙을 부르는 존재였고 후회막급이었지만 돌이킬 수 없었다. 엄마가 그렇게 갑자기 떠날 줄 몰랐다. 의사 말로는 환자의 의지에 따라 최소 석 달은 더 버틸 수 있다고 했다. 내가 한 말이, 내가 한 행동이 엄마의 마지막 시간을 앞당긴 것만 같았다. 죄의식이 뼈에 사무쳤고 폐부를 깊숙이 찔렀다.

엄마 고향 자작나무숲에 수목장을 하고 집으로 돌아왔다. 할머니가 엄마의 머리맡에서 발견한 거라며 건넨 것이 있었다. 채색되지 않은 그림책 더미북. 그 더미북을 펼쳐 볼 용기가 나지 않았다. 한 장 한 장 넘기다 보면 속절없이 눈물이 흘러 내 몸의 수분이 다 증발될 것만 같았다. 나는 더미북을 종이 상자에 넣어 붙박이장 깊숙한 곳에 숨겨 두었다.

　나도 모르게 들끓는 분노를 잠재우기 위해 야밤에 숲숲까지 숨 가쁘게 뛰었다. 지쳐 쓰러지기 직전까지 뛰고 돌아와 엄마 의자에 앉았다. 몸은 축축 늘어지는데 잠이 오지 않았다. 먹구름이 끼었는지 밤하늘에 별 하나 보이지 않았다.

비

    H의 행적에 대한 궁금증이 날로 커졌다. 의식적으로 거부하면 할수록 더 뿌리치기 힘들었다. 때로는 무거운 갑옷을 걸친 것처럼 어깨가 짓눌리는 느낌이었다. 머릿속은 지저분한 낙서로 가득 찬 듯했다.

    며칠 뒤, 도서관에서 시집을 고르고 지나가다 우연히 맨 안쪽 구석에 교지와 졸업 앨범이 연도별로 꽂힌 걸 발견했다. 누가 슬쩍해도 모를 정도로 관리가 허술했다. 마침 H가 떠올랐다. 나이가 마흔일곱이니까 1975년생. 정상적으로 입학하고 졸업했다면 43회 졸업. 혹시 몰라 42, 43, 44회 졸업 앨범을 다 꺼내서 살펴볼 작정이었다.

    H를 찾아내는 데는 그다지 많은 시간과 노력이 필요하지 않았다. 43회 졸업 앨범을 뒤적이다가 온몸에 오돌토돌 소름이 돋는 순간이 왔다.

    3학년 3반 39번, 이희백.

앳된 모습의 H였다. 스포츠형 머리에 갸름하고 날카로운 얼굴. 언뜻 내 얼굴이 겹쳐졌지만 표정이 지금과 사뭇 달라 보였다. 얼마 전, 서창섭 시인이 술김에 불쑥 꺼냈던 말이 떠올랐다. 시를 썼던 H라니, 도저히 상상이 되지 않았다. 문득 H의 뒤틀린 세월의 궤적을 캐 보고 싶다는 생각이 들었다. 열쇠를 쥔 사람은 H와 훌라후프 할머니. 선택의 여지가 없었다.

하루 종일 하늘이 무겁게 내려앉았다. 아침부터 내린다는 비는 감감무소식이었다가 숲숲에 들어서자마자 빗방울이 떨어졌다. 막 퍼붓는 비가 아니라 부슬부슬 내리는 비였다. 굳이 우산을 펼치지는 않았다. 천천히 걸었다. 머릿속은 온갖 질문들로 들끓었다. 어느새 머리도 옷도 비에 흥건하게 젖었다.

은혜 칼국시 식당으로 향했다. 훌라후프 할머니는 식당 안에서 식탁 몇 개를 한쪽으로 옮겨 놓은 채 훌라후프를 돌리고 있었다.

"와 물에 빠진 생쥐 꼬라지고?"

할머니는 훌라후프를 출입문 옆 벽에 걸어 두었다. 그러고는 신발을 벗고 방으로 들어갔다. 지금 보니 훌라후프는 성한 곳이 한 군데도 없었다. 세월의 더께가 수십 년은 쌓인 듯 색은 바랬고 표면은 거칠었고 군데군데 테이프와 노끈으로 감겨 있었다. 얼마 뒤, 할머니가 마른 수건을 가져와 내밀었다. 나는 수건으로 머리칼과 얼굴과 목을 닦았다.

"우짠 일이고?"

"할머니 할아버지 얘기를 듣고 싶어요. 도대체 무슨 일이 있었는지,

알고 싶어요."

나는 단도직입적으로 용건을 꺼냈다. 할머니는 건전지가 다 된 장난감처럼 서 있었다. 어색한 공기가 흘렀다. 할머니는 나를 한참 바라보더니 고갯짓으로 의자를 가리켰다. 납빛 얼굴에 목소리도 비에 젖은 듯 착 가라앉았다.

"그짝에 앉거라."

할머니는 막걸리를 꺼내 한 잔 들이켜고는 심오한 표정으로 깍두기를 씹었다. 주름이 느리게 꿈틀거렸다. 선뜻 말을 꺼내지는 않았다. 얼굴에 수심이 가득했고 눈에 눈물이 그렁그렁했다. 조바심이 일었다. 할머니는 다시 한 번 깊은 숨을 내쉬더니 입을 열었다.

"얼매나 들떴는지 모룬다. 내도 언니 행부, 그라니까 너그 할매 할배도. 너그 할매하고 내하고는 피를 나누지는 않았지만서도 친자매 이상이었대이. 여기 칼국수집, 실은 너그 할매 할배가 운영하던 식당이다. 오갈 데 없는 내를 저짝 쪽방에서 지내게 해 주었다아이가. 너그 애비는 어리서부터 우찌 그리 심성이 곱던지. 이모 이모, 함서 억수로 내를 잘 따랐대이. 공부는 뭐 그냥저냥 했는데 글쓰기 대회만 나가면 일 등을 묵었다아이가. 도 대회도 나가고 그랬다. 대학교 들어가기 바로 직전에 신춘문예에 당선되고, 무신 문학상인가 뭔가에도 당선이 되가 그 상금으로 가족 여행 간다 카믄서 내도 같이 가자 카더라. 내가 뭐라꼬. 너그 할매가 대학생 되믄 돈 쓸 일 많을 낀데 필요한 거 사 쓰라꼬 한사코 됐다는 거를, 너그 애비가 부득부득 우기가 여행을 가게 된 기다. 내도 첨에는 말만으로도 고맙다고 사양했는데 매칠 그카다가 못 이기는 척 따라가기로 했대이. 속으로 얼매나 좋았는지 모룬다. 내 팽생 여행은 첨이었다아이가. 그것도 제주도. 동네 사람들이 복도 많다고 계 탔다고 얼매나 부러워했다꼬. 너무 좋아 갖고 염치고 나발이고 차릴 수도 없었는 기라."

할머니 얼굴에 살짝 경련이 일었다. 눈물 한줄기가 주름진 뺨을 타고 천천히 흘렀다.

"그날도 오늘처럼 비가 내렸다. 부슬부슬 참 얄궂게도 내렸제. 너그 애비가 차 운전해가 통영꺼지 가가, 차도 싣고 사람도 태우는 엄청시리 큰 배로 제주꺼지 간다 카더라. 근데 가는 날이 장날이라꼬 해필이믄 그때 내가 설사가 나는 통에 휴게소에서 시간을 너무 마이 끌었다아이가. 무신 심술인가, 안개는 또 얼매나 자욱한지 한치 앞을 내다볼 수도 없었대이. 살살 운전하라 카는데도 너그 애비는 배 시간 못 맞춘다고 어찌나 빨리 달리는지 원. 불안해서 숨도 못 쉬겄더구마. 내는 배가 또 아픈데 말을 꺼낼 수가 없었대이. 다행히 진땀 흘리감서 꾹꾹 참으믄 한동안 견딜 수가 있었제. 그카다가 또 송곳으로 휘젓는 거맨치로 아푸고, 난리도 아이었다."

할머니는 마치 그때로 돌아간 것처럼 숨을 몰아쉬었다. 얼마 뒤, 막걸리를 한 잔 넘기며 목을 축이고는 수전증 앓는 환자처럼 손을 떨며 말을 이었다.

"초행길이다 보이 길을 쫌 헤맸제. 우찌우찌 해서 무신 다리를 지

날 때쯤이었을 끼라. 인자 거의 다 왔다 캐서 한 시름 놓는데, 그캐도 맘은 급했던지 더 빨리 달리다가 고마, 안개 때매 앞에 차 사고가 난 줄도 모루고 막 달리다가 기어이 일이 안 터짔나. 비상 깜빡이가 뻘건 눈을 끔뻑거리는 괴물 겉더라. 갑재기 급부레이크를 밟고 핸들을 틀었는데 차 안에서 몸이 이리 쏠리고 저리 쏠리고, 안 그래도 멀미 때매 속이 울렁거려 미칠 지경인데, 그 와중에, 아유, 내가 미쳤지, 토악질을 하고, 차는 속도를 못 이기가 난간을 들이받고 고대로 바다에 안 꼬라박았나. 아비규환이 따로 없었대이. 내는 그때 졸도하고 말았뿠다. 정신이 들었을 때는 차가 바다에 가라앉고 있었고, 너그 할매 할배가 숨 참아 감서 물 마시 감서 발로 문짝을 차고 개우개우 너그 애비랑 내를 밀어 올렸다. 그라믄서 너그 할매가 내를 보고 뭐라고 뭐라고 입을 벙긋벙긋했는데 무신 말을 하는 긴지 도통 알아묵을 수가 있어야제. 그럴 정신도 없었고. 그런 순간이 되믄 사람은 철저히 이기적인 존재라 카던데, 아이더라꼬. 아이다. 그 말이 내한테는 맞는 말이다. 내는 또 내 살고 싶어가 아무 생각 안 하고 발버둥 치믄서 올라갔다아이가. 예배당에도 안 댕기고 절에도 안 댕깄는데 맘속으로 싹싹 빌었대이. 제발 좀 살리 달라꼬. 이래 죽는 건 너무 억울하다꼬, 흡.”

　나는 할머니의 말을 잠자코 들었다. 마음에 거센 풍랑이 일었다. 할머니는 목 놓아 울었다. 나도 가슴이 미어지는 것 같았다.

　“세월이 쏜살같다더만 벌쎄 거의 삼십 년이 흘렀구마.”

　할머니는 통곡했고 바깥에 비는 부슬부슬 내렸다. 내 가슴 어딘가에서 시작된 통증은 전신으로 뻗어나가 온몸이 감전된 듯했다.

"시간이 가믄 잊히고 세월이 약이라는 말, 다 헛말이더마. 세월은 내 편이 아이더라꼬. 나아지기는커녕 더 나빠지뿠어. 여태 가슴에 고대로 남은 거 보믄. 응어리가 더 딴딴해지고 더 커진 거 겉어. 언니와 행부 내비리 두고 내 혼자 살아남았다는 죄책감에 살아갈 수가 없었대이. 살아도 살아 있는 게 아이었제. 내가 그때부터 잠을 잘 못 자. 밤새 몇 번을 깨는지 모르겠구마. 설거지하다가도 밀가리 반죽하다가도 수시로 울어."

할머니는 퀭한 눈으로 나를 바라보더니 또 막걸리 잔을 비웠다.

"몇 날 매칠 샅샅이 뒤진 끝에 개우 너그 할매 할배 시신 수습해서 장사 치랐구마. 너그 애비는 산송장이나 마찬가지였대이. 그카고 얼마 뒤에 감쪽같이 사라졌제. 내가 나 아파하니라꼬 백이를 못 보살폈어. 언니가 내한테 마지막으로 붕어맨치로 벙긋벙긋했던 말이 백이 잘 부탁한다는 말이었던 거 겉애, 지금 생각해 보이. 그캤는데, 그캤는데……. 그 죄를 우찌 다 갚을란가 모루겠다. 언니하고 행부 볼 낯이 없다. 온갖 수소문을 다 해 봤지만 찾을 수가 없었대이. 이대로 살 수가 없었다아이가. 죽을라꼬 밸의 밸짓을 다 했지만서도 찔긴 목숨 여태 부지하고 있다. 그러던 어느 날 새벽인가 얼라 울음소리가 들려 나가 봤디만 갓난아기가 하얀 포대기에 싸이 있더라꼬. 그기 은혜아이가. 그 가스나 때문에 살았제. 은혜를 살릴라 카믄 내가 살아야 했으이까. 내한테 은혜를 준 기, 꼭 언니와 행부가 베푸는 은혜 같았제. 그날부터 죽을힘으로 이 악물고 살았대이. 너그 할배 할매는 살아서도 죽어서도 내 은인이다 아이가. 훌라후프? 저거는 바로 내가 언니를 기억하는 방식이다. 내가 건강 검진에서 고혈압에 당뇨로 나오니까 언니가 당장 뱃살부터 빼라고 선물해 준 기다. 언니 안 잊을라꼬, 잊 아쁘믄 사램도 아이라꼬, 밥 묵는 거는 까묵어도 훌라후프 돌리는 거 는 안 까묵는다.”

내 입에서 한숨이 떨려 나왔다.

“내가 너그 집 사연을 다 알지는 못하지만서도, 너그 애비 너무 원 망 말거래이. 지 딴엔 에미 애비 죽있다는 죄책감 때매 청춘을 다 버 린 거 겉더라.”

나도 모르게 콧방귀가 새어 나왔다. 그래서 그때 그 트라우마로 운 전을 못 하나.

“에고, 내가 뭐라꼬 니 감정까지 이래라 저래라 카는지 모루겠다. 언제 테레비 보이 박산가 하는 사람이 나와서 잘난 건 타고나는 거지 만 잘 사는 건 지 하기 나름이라 카더라. 공부 허투루 한 건 아닌지 칠 십 평생 살아 보이 그 말이 얼추 맞더라. 내 인생을 걸어도 좋대이. 니 맨날 울제? 꼭 눈물을 흘려야 우는 건 아이더라. 숨길 필요 없대이. 숨 긴다고 숨겨지는 것도 아이고. 확 드러내 놓고 시원하게 울어 삐라. 그래야 슬픔도 찌꺼기가 안 남고 뒤끝이 없다아이가. 인자 씩씩하게 잘 살아야제. 그기 하늘에 계신 너그 엄마가 젤로 바라는 거 아이긋 나. 이해가 안 되믄 기냥 냅두는 것도 하나의 방법이대이. 세월 흐르다 보믄 이해되는 날도 오더라꼬."

할머니가 왼손으로 내 손을 잡고 오른손으로 내 손등을 토닥토닥
하며 말을 이었다.

"해마다 그날이 되믄 만사 제쳐 두고 언니랑 행부랑 만내러 간다.
한때는 하늘에 원망도 마이 했지만, 지금은 일 년 중에 젤로 기다리
는 날이다. 내는 그날이 마치 소풍 가는 날 겉다. 천년만년 살 것도 아
이고 내도 인자 재미나게 살다 갈라꼬. 니도 난중에 가고 싶은 맴 생
기걸랑 내랑 같이 가자. 할매 할배 손주 보믄 얼매나 좋아하시겠노.
덩실덩실 춤이라도 출 거 겉구마."

나는 아무 말 없이 식당을 나왔다. 할머니가 밭은기침 하는 소리가
간헐적으로 들려왔다. 식당 앞에 은혜 칼국시가 서 있었다. 분위기 때
문에 들어오지도 못하고 있었던 모양이었다. 나는 그냥 스쳐 지나갔
고 은혜 칼국시는 나를 부르지 않았다.

머릿속이 기승전결 없이 마구 뒤엉켰다. 멀미가 나려고 했다. 아직
까지 비가 그치지 않은 게 다행이었다. 비를 흠뻑 맞았다. 후련하고
한편 서러웠다. 그동안 H는 얼마나 가슴이 아팠을까. H한테 그런 사
연이 있을 줄 몰랐다. 나도 그랬다. 엄마를 죽음으로 내몬 것에 대한
죄책감이 가슴에 찰거머리처럼 달라붙어 좀처럼 떨어지지 않았다. H
의 선택에 일정 부분 수긍이 갔다. 그렇다고 용서가 되는 건 아니었
다. H에게 관용을 베푸는 건 온당한 처사가 아니었다. 차라리 결혼을
하지 말지. 나를 낳지 말지. 왜 감당도 못 할 일을 저질렀는지. 엄마와

내 인생이 더 가련하게 느껴졌다.

H는 카페 빈둥에서 손님들 잔에 커피를 리필해 주었다. 잠시 웃으면서 담소를 나누었다. 나는 지금 이 순간 숨쉬기조차 버거운데 어떻게 저리 평화롭게 노닥거리며 웃을 수 있는지, 납득이 되지 않았다. 도대체 감정이라는 게 있는 사람인지, 양심은 어디 팔아먹었는지, 멱살이라도 거머쥐고 묻고 싶었다. 그럼 H는 뭐라 대답할까.

생각이 거기에까지 미치자 도저히 참을 수가 없었다. 심장이 널뛰기하듯 뛰었고 통제는 불가능했다. 그새 H는 언젠가 내가 엄마 의자라고 착각했던 흔들의자에 앉아 시집을 읽고 있었다. 카페 문을 열어젖혔다. 손님들이 일제히 나를 바라보았다. 나는 H 앞으로 성큼성큼 다가갔다. 순식간에 시집을 빼앗아 내동댕이쳤다.

"당신이 사람이야? 엄마 그렇게 된 데 일말의 죄책감도 없어? 당신이 그러고도 가장이야? 남편이야? 아빠야?"

나는 목에 핏대를 세우고 악에 받쳐 소리쳤다. 손님들이 서둘러 빠져나갔다. H는 눈알이 발갛게 충혈된 채 나를 바라보았다. 미간에 뱉지 못한 말들이 잔뜩 고여 있었다. H는 끝내 아무 말도 못했다. 입이 수백 개라도 할 말이 없을 터였다. H한테서 구질구질한 변명이라도 듣길 바랐나? 모르겠다. 골이 지끈거렸다. 분노가 여진처럼 밀려왔다.

"솔직히 나 때문에 골치 아파 죽겠지? 나 없음 다시 세계 방방곡곡 돌아다니면서 여행 즐기고 좋을 텐데. 언제든 버려. 늘 그래 왔듯이. 난 상관없으니까. 아니, 오히려 내가 바라는 바니까."

나는 그동안 꾹꾹 담아 왔던 말을 쏟아 냈다. 더 잔인해지고 싶었다. 받은 대로 아니 그 이상으로 돌려주고 싶었다. 그걸로 고통 받는 모습을 두 눈 시퍼렇게 뜨고 지켜보며 미소 짓고 싶었다.

"이까짓 게 뭐라고!"

나는 테이블 위에 놓인 커피 잔을 팔로 쓸어 버렸다. 잔이 깨지고 파편이 사방으로 튀었다. 나는 머리를 감싸 쥐고 비명을 질렀다. 밖에서 사람들이 웅성대는 소리가 들렸다.

"네 삶에 함부로 끼어들지 않을게."

H가 차분한 목소리로 말했다. 듣기에 따라서 방치를 합리화하는 말 같았다.

갑자기 내가 지금 뭐 하고 있는 건가, 하는 생각이 들었다. 화장실에 들어가 거울을 보았다. 멍청하고 지질한 새끼! 나는 나를 향해 지껄였다. 분노는 모범 답안이 아니었다. 힘껏 쏟아 부었지만 역시나 해결된 건 아무것도 없었다. 오히려 더 갑갑했다.

화장실에서 나와 가게 출입문을 향해 걸어갔다. 문손잡이를 잡았을 때 H가 등 뒤에서 나를 와락 껴안았다. 무방비 상태였던 나는 H의 기습에 깜짝 놀랐다. 어떤 상황인지 인지했을 때 벗어나려고 온몸으로 저항했지만 H는 완강했다. 한참 뒤에 나는 힘을 풀었다.

"그땐 내 상처가 너무 깊어서 나 아닌 다른 사람의 상처를 생각 못 했어."

H의 나지막한 목소리가 들렸다. 밖에서 참견할 타이밍을 찾던 사

람들이 하나둘 돌아갔다.

"그날 이후 나는 행복하면 안 된다고 생각했어. 부모님이 돌아가신 건 다 내 책임이고, 그래서 죽는 날까지 지옥에서 살다가 가야 맞는 거라고. 육체를 혹독한 고통 속에 빠뜨리는 것이야말로 속죄의 길이라 생각했어."

나도 그랬다, H처럼. 엄마의 죽음을 앞당긴 죄인이어서 절대 행복하면 안 되는 줄 알았다. 웃는 얼굴로 사는 것도 죄를 짓는 기분이었다. 어쩌면 운명도 유전이 되는 것 같다는 생각에 맥이 풀렸다.

"근데 가만 돌이켜 보면 다 변명이고 합리화에 지나지 않아. 분명처음엔 그렇게 생각했는데……. 몇 년이 지나고 나니까 죄책감은 무뎌지고 그냥 자유롭게 여기저기 떠돌아다니는 게 홀가분하고 좋았어. 내 인생에서 내가 최우선 순위였던 거지. 아내와 아들 때문에 내 인생에 차질이 빚어지는 게, 구멍이 뚫리는 게 싫었던 거야. 그러니까 나는 그런 철저하게 무책임하고 이기적이고 썩어 빠진 인간. 그 이상 그 이하도 아닌 거고. 비겁하고 파렴치해."

H의 고해성사 가까운 말이 크게 와 닿지는 않았다.

"어떨 땐 그런 생각을 해. 인생을 두 번 살 수 있다면 그런 실수 번복하지 않을 텐데, 하는. 하지만 겸아, 그럴 수 없잖니? 그러니까 지금부터라도 더 후회하지 않게."

글쎄, 그게 가능할까? 확신할 수 없었다.

H가 팔에 힘을 풀었다. 나는 H의 품에서 벗어났다. 어깨를 축 늘어

뜨린 채 터벅터벅 가게를 벗어났다. 그동안은 H를 도무지 이해하지 못해서 견디기 어려웠다. 이해가 되자 숨 쉬는 게 제법 수월해졌다. 빗발이 가늘어졌다. 비에 젖은 몸이 오들오들 떨렸다.

물음표

몸에 열꽃이 피었다. H가 거실을 왔다 갔다 하며 안절부절못하는 눈치였으나, 그러라고 일부러 내버려 두었다. 자식 때문에 속앓이하고 밤잠 설치는 일도 한 번쯤 해 보라고, 그게 얼마나 피 말리는 일인지 머리와 가슴으로 느껴 보라고. 부모로서 당연히 해야 하는 일을 엄마만 줄곧 도맡아 온 게 얼마나 비정상적인 건지 피부로 느껴 보라고. 그런 의미에서 열이 고공 행진해 응급실에 실려 가고 싶은 마음이 굴뚝같았지만 다행인지 불행인지 열은 더 이상 오르지 않았다. 나는 딜레마에 빠졌다. 내 문제에 관한 한 H를 철저하게 소외시키고 싶은데, 어느새 마음속 깊은 곳에서 아빠 자격을 주고 있는 걸까. H가 직접 쑨 것 같은 죽은 책상 위에서 그대로 식었고, 굳었고, 말라 갔다.

"예, 선생님, 저희 아이가 밤새 고열에 시달렸다가 겨우 잠들었어요. 네네, 집에서 하루 쉬게 하겠습니다. 들어가세요."

H가 진짜 학부모나 된 것처럼 담임하고 통화했다. 가려면 갈 수도 있었지만 굳이 그러고 싶지 않았다. 침대에 누운 채로 커튼을 열었다. 햇살이 이때다, 하고 한꺼번에 쏟아져 들어와 눈이 부셨다. 상체를 일으키고 앉은 채로 창문을 열었다. 상쾌한 가을 아침 공기가 무더기로 들어왔다.

동네 골목에도 가을이 완연했다. 감은 발갛게 모과는 노랗게 석류는 진홍빛으로 물들었고, 잎마다 단풍이 들어 골목골목을 수놓았다. 마당에 널어 말린 콩이며 깨는 가을 햇살을 한껏 몸속에 저장했다. 고추잠자리가 창공을 날며 짝짓기를 하고 파란 하늘엔 새털구름이 깔려 있었다. 어디선가 낙엽 태우는 냄새도 났다.

집 안이 정적에 휩싸였을 때 거실로 나갔다. 주방에 가 보니 냄비가득 쑤어 놓은 죽이 있었다. 갖은 채소와 소고기를 잘게 다져 만든 죽이었다. 나는 거의 티 안 나게 덜어 먹었다. 그리고 아무 생각도 하기 싫어 방에 들어가 이불을 뒤집어쓰고 잠을 청했다. 다시 일어났을 땐 해가 설핏 기울고 있었다.

윤동주 시집을 꺼내 들고 흔들의자에 앉았다. '서시'를 읽고, '자화상'을 읽고, '소년'을 읽고, '눈 오는 지도'를 읽고, 그리고 '별 헤는 밤'을 읽었다. '별 헤는 밤'을 읽고 또 읽었다. 가을, 밤하늘에 별은 떠 있고, 엄마와 멀리 떨어진 화자는 엄마를 몹시 그리워하고 있다. 지금 나와 비슷한 상황이었다.

별 헤는 밤

윤동주

계절이 지나가는 하늘에는

가을로 가득 차 있습니다.

나는 아무 걱정도 없이

가을 속의 별들을 다 헤일 듯합니다.

가슴속에 하나둘 새겨지는 별을

이제 다 못 헤는 것은

쉬이 아침이 오는 까닭이요,

내일 밤이 남은 까닭이요,

아직 나의 청춘이 다하지 않은 까닭입니다.

별 하나에 추억과

별 하나에 사랑과

별 하나에 쓸쓸함과

별 하나에 동경과

별 하나에 시와

별 하나에 어머니, 어머니,

어머님, 나는 별 하나에 아름다운 말 한마디씩 불러봅니다. 소학교 때 책상을 같이 했던 아이들의 이름과, 패佩, 경鏡, 옥玉 이런 이국 소녀들의 이름과 벌써 애기 어머니 된 계집애들의 이름과, 가난한 이웃 사람들의 이름과, 비둘기, 강아지, 토끼, 노새, 노루, '프랑시스 잠' '라이너 마리아 릴케', 이런 시인들의 이름을 불러 봅니다.

이네들은 너무나 멀리 있습니다.
별이 아스라이 멀듯이.

어머님,
그리고 당신은 멀리 북간도에 계십니다.

나는 무엇인지 그리워서
이 많은 별빛이 내린 언덕 위에
내 이름자를 써 보고,
흙으로 덮어 버리었습니다.

딴은 밤을 새워 우는 벌레는
부끄러운 이름을 슬퍼하는 까닭입니다.

그러나 겨울이 지나고 나의 별에도 봄이 오면

무덤 위에 파란 잔디가 피어나듯이

내 이름자 묻힌 언덕 위에도

자랑처럼 풀이 무성할 게외다.

　나는 창가로 다가가 하늘을 올려다보았다. 맑게 갠 저녁 하늘에 아스라하게 별이 하나둘 돋아났다.

　엄마, 나도 별 하나에 아름다운 말 한마디씩 불러 볼게. 엄마의 작업실 안으로 들어온 햇살, 마당가 양지바른 곳에 앉아 하품하는 달래, 우윳빛 목련, 흐드러지게 피던 벚꽃, 엄마 그림이 들어간 동화책, 스삭스삭 도화지에 그림 그릴 때 나는 연필 소리, 엄마의 머그잔에 든 믹스커피에서 아지랑이처럼 올라오던 허연 김, 비오는 날 수제비 끓이고 부추전 부쳐 먹었던 할머니 집, 스노우 앱으로 찍었던 재밌는 사진과 동영상들, 흔들의자, 알로카시아…….

　생각을 말똥구리처럼 굴리고 또 굴리는데, 갑자기 밖에서 쿵 하는 소리가 들렸다. 개 짖는 소리도 들렸다. 창문을 열고 주변을 살폈다. 바람에 나무가 흔들렸다. 얼마 뒤, 다시 쿵. 건넛집 정원에 있는 감나무에서 감이 개집의 양철 지붕에 떨어지며 내는 소리였다. 그 순간 떠오른 시.

청시

백석

별 많은 밤

하누바람이 불어서

푸른 감이 떨어진다 개가 줓는다

시인 백석이 노래했던 청시는 어느새 홍시가 되고 하늬바람은 불어 홍시를 떨군다. 나더러 밖에 나와서 별 구경 하라는 전언 같았다.

문득, 숨숲에 가고 싶었다. 다시 산에 올라 엄마를 부르고 싶었다. 나는 즉흥적으로 은혜 칼국시한테 문자를 넣었다.

> 산에 갈까?!

바로 답이 왔다.

> 콜!
> 이미 준비 완료.
> 식당 앞으로!

헐레벌떡 옷을 갈아입고 밖으로 나갔다.

"어디 가니? 몸은 괜찮은 거지?"

H가 카페 빈둥에서 쫓아 나와 물었지만 그냥 무시하고 달렸다.

은혜 칼국시는 등산복에 등산 양말에 등산화까지 완벽하게 갖추었다. 배낭은 제법 배가 불룩했다.

"에베레스트산이라도 등반하는 것 같다. 배낭엔 뭘 그렇게 바리바리 넣었냐?"

"나중에 제발 한 입만 달라꼬 애걸복걸하기 없기."

그 말을 듣는 순간 벌써 다리라도 붙잡고 애원하고 싶었다.

"내 전화 기다렸냐?"

"에스오에스 칠 줄 알았지. 니 친구라고는 달랑 내밖에 없다아이가."

독심술 인정. 어쩌면 우리 둘 사이에 텔레파시가 통하는 것 같기도 했다.

밤은 깊었고 쓰르라미가 울다가 우리 발걸음 소리에 놀라 소리를 죽였다가 다시 울었다.

"근데 괜찮을까?"

"뭐가 말이고?"

"위험하지 않아? 멧돼지 나오고 그러면 어떡해?"

"멧돼지가 내 보고 먼저 겁묵고 도망칠걸. 근데 내를 동족이라고 생각하고 내 미모에 반해 따라오면 곤란하니까, 접때 그 산은 담에 가고, 오늘은 내만 믿고 따라오믄 된대이."

피식 웃음이 나왔지만 충분히 안심이 되었다. 저 멀리 부엉이 소리가 들렸다. 가는 길마다 가로등이 켜져 있어 랜턴은 필요 없었다.

어느새 숨숲을 지나 학교 가는 길로 방향을 틀었다.

"학교 뒷산 안 가 봤제? 야트막한데 읍내 주민들 단골 등산로라서 가로등이 군데군데 켜져 있고, 정상에 가면 의외로 장관이대이."

은혜 칼국시의 마음 씀씀이가 고마웠다. 인적은 드물었다. 한동안 저벅저벅 발걸음 소리만 들렸다.

"외롭지 않아?"

내가 침묵을 깨고 불쑥 물었다. 훌라후프 할머니한테 은혜 칼국시의 사연을 듣고 줄곧 마음이 짠했다.

"인간은 원래 태어날 때부터 죽을 때까지 외로운 존재다, 인마."

"송크라테스 납셨네."

은혜 칼국시는 자신이 태어날 때부터 부모가 없었다는 사실을, 그게 사회적으로 어떤 의미인지를 깨닫고 기분이 어땠을까. 상상도 못할 정도로 거대한 황량함이 가슴에 회오리치지 않았을까. 그런데도 지금 은혜 칼국시는 나와는 비교도 안 될 정도로 밝고 씩씩했다. 그 애 앞에서는 언제나 내가 왜소해졌고, 내 고민과 괴로움이 한낱 투정이나 어리광에 지나지 않는 것 같았다.

"원망스럽진 않아?"

"내를 낳기만 했지 이름도 얼굴도 아무것도 모루는 부모? 심지어 내 이름도 우리 할매가 지어 줬는데?"

나는 은혜 칼국시가 속에 있는 말을 털어놓기를 기다리며 가만히 있었다.

"집집마다 꼭 엄마 아빠가 있는 건 아이다. 꼭 있어야 할 이유도 없고. 그런 사고방식 촌스럽다아이가? 원망? 그런 거 할 시간 있으면 칼국시 한 그릇 더 팔겠다. 내한텐 할매가 엄마고 아빠고 베프고 그렇다. 멕이 주고, 재와 주고, 옷 사 주고, 사랑 주고. 그럼 된 거 아이가? 세상에 친부모 찾아서 더 새된 경우 쌔고 쌨다."

"엄마 아빠도 없어 본 애가 어떻게 그렇게 잘 아냐?"

나는 그 말을 뱉은 다음에야 실수를 인정했다.

"아, 미안."

"됐거든. 그깟 게 뭐라꼬."

속이 텅 빈 나와 달리 은혜 칼국시는 속이 꽉 찬 애 같았다. 역시 사람은 외모로 판단할 게 못 되었다. 순간 은혜 칼국시가 참 근사해 보였다. 은혜 칼국시의 일생이 내 곁에 오려고 했다. 물론 여자 사람 친구로.

"이번 생은 망했다고 생각한 적도 있다. 사는 기 적성에 안 맞는 것 같더라꼬. 질풍노도의 시기 때, 대개 하는 생각."

"근데?"

"누구 좋으라꼬? 막 오기 같은 게 생기는 기야. 초딩 중딩 때 지독하게 무시당하고 왕따당해 봤는데 마이 아팠다. 매 순간 긴장하게 되고, 내 입 밖으로 나오는 소리는 점점 작아지고, 나중에는 아예 말을 안 하게 됐다아이가. 눈치를 보게 되고 마음에 그늘이 생기고 그늘은 점점 짙어지고. 학교 땡땡이도 치고 가출도 해 봤다. 독감에 된통 걸렸던 거라꼬 생각한다. 벌써 훌훌 털고 일어났고. 고딩 되고 포환던지기 하고부터 자신감이 막 붙더라. 그라니까 포환던지기는 내한테 은인인 기다. 경험에서 우러나오는 말이니까 새기들어라, 알긋나?"

나도 모르게 은혜 칼국시의 진심 어린 조언에 고개를 끄덕였다. 내가 겪는 험난한 삶의 미로를 은혜 칼국시도 진작 걷고 있었다. 지금은 무사히 지나온 것 같고.

"나중에 나중에 내가 죽고 하늘나라에 가서 부모를 만난다 카믄 당신들 없이도 보란 듯이 잘 살았다고 떳떳하게 말할 끼다. 우떤 표정을 지을지 그건 좀 궁금하다. 내 못됐제?"

"아니."

영혼 없는 대답처럼 보일지 모르지만 진심이었다. 아무도 타인의 삶에 제대로 된 평가를 내릴 수는 없는 거니까. 나중에 나는 엄마를 만나면 뭐라고 말할까? 엄마를 너무너무 그리워만 하다가 우울증에 빠지고 인생 탕진했다고? 그럼 엄마는 무슨 표정을 지을까? 상상하는 것만으로도 미안했다.

"기분 나쁘게 들릴지 모루겠지만, 가끔 니 요래 지내는 거 배부른 투정으로 보인다. 아빠가 필요 없다꼬? 그거 배고픈데 밥 생각 없다는 말하고 뭐가 다른데? 니는 아빠가 필요하고 아빠는 지금 니 곁에 있다아이가. 그게 팩트다, 인마. 엄살 부리지 마라."

은혜 칼국시의 일침이 따끔했지만 어쩐지 약이 될 것 같았다.

"잘난 척은."

하지만 그 말뿐, 나는 이렇다 할 반론을 펴지 못했다.

"이제까지 세상이 내 편이 아이라꼬 생각했는데, 내 편을 만드는 건 나 자신이라는 걸 깨달았다. 인자 내는 내 편 할라꼬. 가끔은 니 편도 되주께. 니는 내 편 안 할래?"

"친구 먹자는 말을 꼭 청혼처럼 하냐?"

"헐! 매를 번다, 매를."

은혜 칼국시가 돌덩이 같은 주먹으로 내 어깨를 툭 쳤는데 무지 아팠다. 노을이 완전히 사라지고 하늘은 거무스레해지고 날은 쾌청했다.

어느새 산 정상이었다. 오래된 정자가 산 임자나 되는 것처럼 앉았고, 그 옆에는 크고 작은 돌탑들이 서 있었다. 동산 읍내가 한눈에 내려다보였다. 불빛들이 반짝이며 손짓하는 것 같았다. 나는 두 팔을 벌리고 숨을 깊게 들이쉬고 내쉬었다.

은혜 칼국시는 배낭에서 컵라면과 보온병을 꺼냈다.

"요런 데서 컵라면은 진리지. 친구 된 기념으로 이 몸이 스페샬로다가 싸비스해 주께."

나는 은혜 칼국시를 향해 빙그레 웃어 주었다. 고개를 젖혀 위를 보니 밤하늘에 왕소금 같은 별들이 수두룩했다. 나는 그중에서 가장 크고 반짝이는 별을 찾았다.

엄마.

아들 왔어?

할 말 있어.

해.

나 이제 맨날 엄마만 생각하진 않으려고. 내 생각도 할 거야. 서운해도 소용없어. 그게 엄마가 바라는 일이라는 걸 알았거든. 음, 그리고 엄마 말대로 서두르지 않을 거야. 시간이 흘러가는 대로 마음을 맡겨 보려 해.

어느새 코끝으로 컵라면 냄새가 솔솔 풍겨 왔다.

"저기……, 라면 묵고 별 볼래?"

은혜 칼국시가 작업 거는 것처럼 느끼하게 말했다. 라면은 눈물이 날 만큼 맛있었다. 목구멍으로 뜨거운 국물을 넘기자 독감 예방 주사를 맞은 듯 속이 든든해졌다.

"저 별이 너그 엄마가?"

"응. 사람은 죽어 별이 된다잖아. 허무맹랑한 말이긴 하지만."

"아이다. 그거 과학적인 근거 있는 말이대이."

"정말?"

"얼마 전에 책에서 봤다아이가. 오래오래 전에 초신성 폭발 때매 생명체를 이루는 물질이 우주에 흩어진 원소들한테서 떨어져 나갔고, 생명체가 죽으면 그 구성 물질은 분해돼서 우주 공간에 흩어진 뒤에 새롭게 태어나는 별의 재료로 쓰일 거라 카는. 어떤 책에서는 우리는 모두 별이 남긴 먼지라 카더라. 원소는 모두 별 안에서 수소하고 헬륨이 핵융합 반응을 일으킨 결과 때매 생기는 거라꼬. 그러니까 한마디로 인간은 별이 남긴 쓰레기 정도?"

은혜 칼국시가 하는 말의 반도 못 알아들었지만 결론은 사람은 죽어 별이 되고, 저 수많은 별 중에 엄마 별도 있다는 뜻? 가슴이 두방망이질 쳤다.

"안녕하세요? 이겸 어머니. 저 송은혜고요, 이겸 여친은 아이고요, 헤헤, 오해하실까 봐, 그냥 유일한 친굽니다. 제가 잘 지키 줄 테니까 아줌마는 걱정 마시고 그곳에서 맘 편히 지내이소."

나는 은혜 칼국시를 지그시 바라보았다.

"와? 컵라면 묵은 걸로 모잘라서 감동까지 묵었나?"

"어."

사실이었다. 천군만마를 얻은 느낌이었다.

나와 은혜 칼국시는 한동안 말없이 밤하늘만 올려다보았다.

"가끔 힘들 때 와가 별을 본다. 지구는 태양을 일 년 주기로 공전한다아이가. 그래서 계절별로 보이는 별자리가 다르고. 근데 저기 북쪽을 봐 봐라. 북두칠성이라고 들어는 봤제? 국자 모양. 저게 큰곰자리의 꼬리 부분인데. 저기 오른쪽으로 더블유 자로 된 거 보이제? 저게 카시오페이아. 북두칠성하고 카시오페이아 중간쯤에 밝게 빛나는 별이 북극성. 쟤네들은 일 년 내내 보인다. 위로가 된다아이가. 늘 한자리에 있다는 거. 평생 내 곁을 지켜 주는 친구 같은 별이다. 쟤들한테 슬펐던 거 속상했던 거 우울했던 거, 훌훌 털어놓으믄 진짜 정말 마음이 진정이 뒈대이. 이거 니한테만 말해 주는 기다."

은혜 칼국시가 조선 왕조 오백 년 동안 극비리에 이어진 비책을 전수하는 듯한 표정으로 말했다. 어쨌거나 틀린 말은 아닌 것 같았다. 정말이지 그것만큼 큰 위로가 되는 게 어디 있을까? 이제 일 년 내내 볼 수 있는 저 북극성을 엄마 별로 정해야겠다는 생각이 들었다.

"근데, 저 국자 모양의 북두칠성. 난 저거 볼 때마다 물음표가 떠올라. 나한테 물음표를 던지는 별. 너는 왜 사냐? 너 왜 그랬냐? 앞으로 어떻게 할 생각이냐? 그래서 나를 돌아보게 하는, 나를 나아가게 하는. 내가 궁극적으로 원하는 방향으로 안내해 주는 나침반 같은 별. 그동안 아파하느라 그걸 잊고 살았어. 이제부터 질문을 던져 보려고. 내 삶에 대한 질문을."

"그라고 본께 진짜 물음표네. 와, 이건 새로운 발견이다. 그라고 근사하다. 내 삶에 물음표를 던지는 나침반 같은 별이라. 인자부터 내한테도 저건 국자가 아니고 물음표다. 별에 전세 낸 거 아이니까 괜않제?"

"그럼."

"갸륵한지고."

은혜 칼국시가 자비로운 미소를 지은 채 내 머리를 쓰다듬었다. 그냥 내버려 두었다.

"앗! 별똥별이다."

은혜 칼국시가 손가락으로 가리키는 곳을 보니 정말 별똥별이 떨어졌다. 우린 두 손을 모으고 간절히 빌었다. 그러고는 정자 옆으로

가 돌탑 꼭대기에 작은 돌멩이를 하나씩 더 올려 두고 또 두 손을 모았다. 공간이 턱없이 부족한데도 기어코 올려놓은 돌탑 위 돌멩이처럼 불안한 삶이었지만, 기초 공사부터 다시 시작하면 된다는 생각이 들었다.

나는 북극성을 보며 엄마를 불렀다.

엄마, 사랑해.

밤하늘에 엄마 얼굴이 보름달처럼 둥실 떠올랐다. 우는 듯 웃고 있었다.

길,

평소처럼 아침 일찍 일어났다. 새우잠을 자느라 웅크렸던 몸을 쫙 폈다. 온수로 샤워를 하고 나니 찌뿌드드했던 몸이 한결 나아졌다.

가방에 시집과 노트와 필기도구와 색연필을 넣고 집을 벗어났다. H는 카페에 불을 밝힌 채 뭔가에 열중했다. 얼핏 보니 토스트를 굽는 것 같았다. 내가 언젠가는 먹어 줄 날을 기다리며? 글쎄, 그게 언제가 될까. 예전 같으면 그런 일은 결코 없을 거라 단언했겠지만 지금은 자신할 수 없었다. 가슴속에서 미세한 바람이 부는 걸 감지한 건 며칠 됐다. 순하고 따스한 바람이었다.

은혜 칼국시 식당 앞으로 갔다. 어제 밤길을 걸어 집으로 오면서 약속했다. 학교에 같이 가자고. 할머니는 어김없이 능수능란한 솜씨로 훌라후프를 돌렸다. 나는 고개를 꾸벅 숙였고 할머니는 반색을 하며 알은체했다.

"은혜야, 퍼뜩 나온나. 친구 기다린다."

"똥 끊고 갈 수는 없다아이가!"

은혜가 느긋하게 대꾸했다. 그러고는 얼마 뒤, 후닥닥 뛰쳐나왔다.

"가방은?"

할머니가 훌라후프 돌리는 걸 멈추지 않고 말했다.

"아, 맞다."

은혜 칼국시가 날다람쥐처럼 식당으로 들어가 가방을 둘러메고 나
왔다.

"실내화 주머니."

"아, 맞다."

"저, 저, 저, 가스나가 맨날천날 털팔이맨치로 누구 닮아 갖고 저 카
꼬. 어이그, 못 산다, 참말로. 쯧쯧쯧쯧쯧."

"할매 손녀가 할매 닮지 누굴 닮아."

은혜 칼국시가 한마디도 지지 않고 나불거렸다. 그러고는 훌라후프
에 부딪치는 걸 가까스로 피하고는 "댕기오께." 하며 손을 흔들었다.
시샘이 날 정도로 둘 사이는 허물이 없었다.

"와? 완전 반전 매력이가?"

은혜 칼국시는 말문을 막히게 하는 데 특출한 재능이 있었다. 그게
싫은 건 아니었다. 싫기는커녕 점점 빠져 들어갔다. 은혜 칼국시 덕분
에 내내 응달이었던 가슴 한구석에 햇살이 비쳐 들었다.

숲숲으로 들어갔다. 어느새 수북이 쌓인 낙엽을 밟으며 걸었다. 바

스락바스락. 마치 내 메말랐던 영혼이 부서지는 소리 같았다. 끝이 아니라 시작이라는, 처절하고도 단호한 외침 같기도 하다. 문득 시상이 떠오른다. 아무 때나 오시는 분이 아니니 어서 영접하는 게 도리였다.

나는 급히 휴대폰을 꺼내 메모했다.

"그분이 오싯는갑네."

은혜 칼국시가 구시렁대며 앞서갔다.

바스락

숲길을 걷다 마른 낙엽을 밟는다

바스락

바스락

내 마른 영혼 잘게 부서지는 소리

바스락

걸음을 멈추고 두리번거리다 문득,

이야기를 먹고 자라는 숲에 대해 생각한다

수많은 사람들의 사연,

이를테면 누군가의 넋두리, 원망, 통곡,

그리고 내 흐느낌과 한숨까지

섭취해서는

이듬해 새순으로 밀어올리고

기억의 편린들을 잎맥에 아로새기고는

가을, 단풍으로 물들인 후……

바스락

바스락

숲과 나의 내밀한 비밀이 부서지는

마법의 언어, 바스락

숲속에 미세한 파동을 일으키고

나는 번쩍, 눈을 뜬다

나는 대충 메모를 저장하고 잼처 뛰어갔다. 은혜 칼국시는 다리에
서서 너른 들판을 바라보았다. 나도 잠시 숨을 고르고 시선을 멀리 두
었다. 가을걷이도 막바지인지 들판은 거의 텅 비었다. 구름 한 점 없
는 파란 하늘을 바라보았다. 심호흡을 하며 마음속에 부유하던 너저
분한 감정의 찌끼들을 비워 냈다. 계절이 지나고 저 들판은 다시 무언
가로 채워지겠지. 내 마음속 비워진 자리는 무엇으로 채워질까. 아니
무엇으로 채울까.

우린 함께 교문 안으로 들어선 뒤 손을 흔들며 헤어졌다. 전국 체전이 다음 주로 다가왔다. 은혜 칼국시는 거의 매일이다시피 한 트럭의 땀방울을 흘렸다. 오늘도 훈련장에 들어가자마자 준비 운동을 하더니 바로 강도 높은 훈련에 돌입했다.

수업이 끝난 뒤 나는 운동장 가를 어슬렁거리다가 등나무 아래 벤치에 앉았다. 그러고는 사진을 찍을 때처럼 손가락으로 사각형 프레임을 만들어 이리저리 움직여 보았다. 프레임 안으로 피사체가 포착됐다. 은혜 칼국시가 포환을 던지는 그 에너지 넘치는 모습이 아름다워 보였다. 엉뚱하게도 아테네의 위대한 영웅을 보는 것 같았다. 우선 그걸 그림에 담고 싶었다. 시를 읽고 시를 쓰고 그림을 그리고 흔들의자에 앉아 사색에 잠기는 건 내가 좋아하고 하고 싶은 것들이었다. 홀라후프 할머니가 홀라후프를 돌리며 언니를 기억하듯, 그건 내가 엄마를 기억하는 방식이기도 했다.

무지 노트에 연필로 스케치를 해 나갔다. 대략의 윤곽을 잡고 점점 디테일하게. 그때 불현듯 떠올랐다. 엄마의 더미북. 침대 아래 종이 상자에서 쪽잠을 자고 있을. 갑자기 못 견디게 그 내용이 궁금했다.

은혜 칼국시한테 선물이라며 휴대폰으로 그림을 보내고 교문을 벗어났다. 다리를 지나 숲숲을 지나 곧장 집으로 향했다. 카페 빈둥에서 H는 노트북으로 뭔가를 쓰고 있었다. 고개를 돌리려는 찰나, 눈길을 잡아끄는 게 있었다. 다시 고개를 돌렸다. 알로카시아. 그동안 어떻게 까맣게 잊고 지냈지? 그게 언제 카페 구석에 자리 잡았는지 감도 안

왔다. 놀라운 건 누렇게 시들시들 말라 죽어 가던 알로카시아가 싱싱하게 푸른빛을 뿜어 낸다는 거였다. 그걸 가지고 트집 잡고 당장 원래 자리로 갖다 놓으라고 어깃장을 놓을 수는 없었다.

바람같이 달려 2층으로 올라갔다. 손잡이를 돌리려고 하는데 방문에 포스트잇이 붙어 있었다. H가 쓴 거였다.

내일 같이 갈 데가 있어. 시간 좀 비워 줘.

나는 포스트잇을 떼고 책상 위에 성의 없이 붙여 두었다. 이게 무슨 의미인지를 고민할 시간이 없었다. 침대 밑에 손을 넣자 종이상자가 잡혔다. 심장이 두근거렸다. 보고 싶었다가, 보면 상처가 덧날까 두려워 참았다가, 잊으려고 했다가, 결국 잊혔다가, 지금 꺼내 보는 중이었다.

투박한 엄마의 그림책 더미북. 제목은 없었다. 무채색 표지에는 나무가 있고 길이 있고 세 사람과 고양이 한 마리가 보였다. 엄마, H, 그 사이에 나, 그리고 달래? 표지를 넘겼다. 내지에 여덟 글자가 빛났다. 사랑하는 겸이에게. 펼치기 전부터 눈에 눈물이 차올랐다.

엄마가 숨을 거두기 전 숨을 헐떡이며 했던 말이 생각났다. 결코 잊지 못할, 평생 가슴에 남을 말.

"엄마 선택이었어. 알잖아, 엄마 보호 본능이랄지 모성애랄지, 그런 게 무지 강한 거. 아빠는 몹시 힘든 상황이었고, 그래서 너무 외로워 보였고, 무슨 자만심이고 무슨 오지랖인지 나 아니면 안 될 것 같았어. 나 싫지만 않으면 된다고 했어. 엄마, 자뻑 좀 심했지?"

"심했네."

듣기 싫었지만 어쩌면 유언이 될지도 모를 말을 막지 못했다. 순간 가족 앨범에 꽂힌 결혼식 사진이 떠오른다. 함박웃음을 띤 엄마와 무심해 보이는 H의 대조적인 얼굴.

"후회 안 해. 엄만 행복했어. 세상에서 가장 사랑하는 우리 아들과 십 몇 년을 살았고, 원 없이 사랑했으니까. 그러니까 엄마 인생은 해피엔딩이야. 명심해. 해피엔딩."

엄마가 엷게 웃으며 말했다. 웃음소리가 말라 퍼석거렸다.

엄마가 남긴 말에 자생력이 생긴 듯했다. 내 안에서 뭔가가 꿈틀거렸다. 그리고 문득 엄마 인생의 진정한 해피엔딩은 내가 행복해지는 거란 생각이 들었다.

그림책 더미북을 또 한 장 넘겼다. 백지. 어쩐지 백지에도 백설기처럼 하얗고 따스한 엄마의 마음이 담긴 것 같았다.

"뭔데 그래. 한번 보자. 내가 봐 줄게. 진지하게."

더미북을 보고 내가 장난치듯 애원해도 엄마는 끝까지 비밀로 했다.

"정말 이러기야. 됐어, 안 봐. 완전 유치찬란."

"유치찬란. 내 인생에 그래도 찬란한 거 하나는 있네."

그 말을 하고 환하게 웃는 엄마 얼굴이 슬퍼 보였다. 웃자고 한 얘기에 엄마는 예민하게 반응했다. 나는 더 이상 보여 달라고 조를 수 없었다.

떨리는 마음으로 다시 한 장을 넘겼다. 드디어 글과 그림이 나타났다. 엄마는 나를 그림책의 세계로 초대했고, 나는 기꺼이 들어갔다.

눈을 감으면 또 다른 세계가 열려

안 보였던 게 보이고

안 들렸던 게 들리고

안 나던 냄새가 나고

어떤 기분이 느껴지기도 해

마치 마법처럼 말이야

가만 눈을 감고 떠올려 봐

우리가 같이했던

예쁘고 달콤하고 향기로웠던 기억들

엄마가 오므라이스 해 줄 때마다

네가 케첩으로 그렸던 빨간 하트, 보이니?

너, 엄마, 할머니 모두 함께 트램펄린 타고

구름 잡을 듯 방방 뛰었잖아

그 기분 느껴져?

환한 웃음소리, 들려?

몇 년 전 벚꽃 구경 갔던 날,

바람이 몹시 불어 꽃비가 내렸어

흩날리던 연분홍 꽃잎들과 향기, 기억나?

눈을 감고 천천히 떠올려 봐

또 뭐가 보이는지, 뭐가 들리는지, 무슨 향기가 나는지,

무엇이 느껴지는지

아름다운 것들을 자주 떠올려

그럼 그 기억의 조각들은 아름답게 반짝거리다가

가슴속에 보석으로 박혀

엄마는 네가 엄마 아이여서 행복했어

함께 한 모든 순간이 감사했어

처음 뒤집기를 한 날

처음 '엄마'라고 불렀던 날

첫 걸음을 뗀 날⋯⋯

모두 생생히 기억해

세상을 다 가진 것처럼 가슴이 벅찼어

그래서 더 아쉬움이 남나 봐

네가 아기였을 때,

꾸벅꾸벅 조는 게 귀여워서,

달래 밥을 네가 먹는 게 재밌어서,

누이지도 말리지도 않고 사진부터 찍었던 거, 미안해

네가 달리다가 자빠졌을 때,

꾹꾹 참다가 엄마를 보는 순간 울음을 터트리는 게

그저 신기하고 신비로워,

안아서 달래 주지도 않고 동영상부터 찍었던 거, 미안해

태권도 도장 가기 싫은 거 억지로 보내서 미안해

듣기 싫어하는 거 뻔히 알면서 가끔 아빠 얘기 꺼내서 미안해

마음 아프게 해서 미안해

미안한 게 너무 많아서 미안해

그리고, 이렇게 빨리

네 곁을 떠나게 돼서 너무너무 미안해

이제 엄마는 먼 여행을 떠나

아주 떠나는 건 아니야

엄만 언제나 네 곁에 있거든

햇살로,

이슬로,

꽃잎으로,

나뭇잎으로,

어떨 땐 나비로,

바람으로, 구름으로, 안개로,

무지개로, 비로, 눈으로, 공기로……

가끔 속상한 일이 있거나 외롭거나

엄마가 그립거나 그래서 슬플 때

그땐 실컷 울어, 펑펑

꾹꾹 눌러 참으면 슬픔은 눈덩이처럼 불어나

슬픔이 너를 가두지 못하게

눈물로 흘려보내

마음이 말개질 때까지

그리고 엄마랑 얘기하고 싶을 땐

밤하늘의 별을 봐

가장 반짝이는 별을 찾아서 엄마, 하고 불러

그럼 엄마가 세상에서 가장 다정한 눈빛으로

가장 환한 웃음으로 대답해 줄게

가슴이 먹먹했다. 그림 속에 내 표정이 너무 사실적이어서 웃음이 비어져 나왔다. 엄마 더미북을 진작 봤더라면 덜 슬프고 덜 외로웠을 거라는 생각이 들었다. 당장이라도 엄마 고향 자작나무숲에 가고 싶었다. 엄마 나무를 얼싸안고 나무의 심장 소리를 듣고 싶었다.

그림책 더미북을 덮으려고 하는데, 뭔가가 삐죽 튀어나왔다. 메모지에 엄마의 버킷리스트가 쓰여 있었다. 보기도 전에 목이 메었다.

겸이 장가 갈 때까지 살기, 겸이랑 노래방 가서 듀엣 노래 부르고 100점 받기, 겸이 수능 치면 생맥 건배하며 원샷하기, 일 년에 내 그림 들어간 책 한 권 이상 내기, 겸이랑 희백 씨랑 엄마랑 제주 올레길 걷기…….

한국의 엠마 스턴이 되는 게 불가능하다는 걸 깨닫고 쓴 것 같은 버킷리스트. 눈물이 뚝 떨어져 메모지를 적셨다. 엄마는 하늘에서 나 사는 꼴을 내려다보며 얼마나 슬프고 안타까웠을까. 정신이 확 들었다. 문득 엄마의 버킷리스트가 결코 백일몽이 아니라는 걸 증명하고 싶어졌다. 엄마는 언제나 내 곁에 있으니까.

그렇지? 엄마.

세상에 어벤져스는 없다. 물이 셀프이듯 내 삶도 셀프다. 더 이상 세상 쫄보로 살기 싫다. 어딘가에 누군가에 길들여지는 건 거지 같다. 시들한 풀처럼 사는 건 이제 좀 따분하다. 엄마가 떠난 뒤 식욕이 떨어지고, 우울하고, 그래서 불면의 밤을 지새우고, 절대 웃으면 안 된다고 스스로를 세뇌했다. 그건 선택이 아니라 필수였다. 어리석게도 그게 엄마에 대한 의리라고 생각했다. 사실 그건 엄마를 배신하고 엄마한테 상처 주는 행위였다. 애도의 시간은 끝내지 않을 생각이다. 더 이상 숨기지 않고 충분히 슬퍼할 거다. 설사 평생 동안 이어진다고 해도. 그렇게 결심하자 앞으로의 내 삶이 명료하게 다가왔다.

문득 H가 붙여 놓았던 포스트잇을 다시 보았다. 내일? 고개를 갸우뚱하며 휴대폰 캘린더 앱을 터치했다. 앗, 엄마 생일. 깜빡 잊고 있었다. 나는 주방으로 가 서둘러 엄마의 머그잔과 믹스커피 스틱을 챙겨두었다. 엄마가 카페에 가면 디저트로 즐기던 티라미수는 이따 산책 나갔다 돌아오는 길에 사 놓아야겠다.

숨숲을 걷는다. 숲속을 통과하다 보면 옷을 입고 있어도 샤워하는 느낌이다. 신선한 바람과 깨끗한 공기가 섬유 조직을 파고들어 피부에 닿으면 피부는 본능적으로 모공을 열어 한껏 흡수한다. 그럼 나는 일부러 더 느리게 걷는다. 발걸음이 가벼워진다. 마음이 공중부양을 하는 것처럼 붕 떠오른다.

냇물이 보이는 벤치에 앉는다. 시간이 흐르고 계절이 바뀌겠지. 눈이 오고, 녹고, 꽃이 피겠지. 지고 또 피겠지. 그렇다고 슬픔으로 점철되었던 삶이 확 바뀔 거라고 생각하지는 않는다. 하지만 조금씩 변화가 생길 것 같은 기분이다. H와 나는 서로의 영역을 침범하지 않으면서도 많이 불편하지 않게, 필요한 말을 하면서 살아갈 것 같다는 생각이 들었다. 그러다 보면 언젠가는 대화의 물꼬를 트고, 엄마가 있는 자작나무숲에, 할머니 할아버지가 계신다는 곳에 함께 가는 날도 오지 않을까.

눈을 감는다. 암흑이다. 가느다란 길 하나가 보인다. 이제 내 삶을 살, 내 길을 제대로 걸어갈 엄두를 내도 될 것 같다는 생각이 든다. 엄마가 다녀간 듯 살갗에 바람이 미끄러진다.

눈을 뜬다.

냇물에 둥둥 떠다니던 청둥오리 떼가 일제히 날아오른다.

문득 시상이 떠오른다.

얼굴에 웃음이 번진다.

진짜 웃는 얼굴이다.

돌아보면 설움에 북받쳐 울었던 적이 많았다.

어른들 반응은 천편일률적이었다.

입을 앙다물고 눈을 부라리며,

뚝!

어른들은 왜 한사코 울음을 막으려고 했는지,

곰곰 그 연유를 더듬어 본다.

슬픔이 빠져나갈 길을 막으면

갈 곳 잃은 슬픔은 쌓이고 쌓여 무엇이 될까.

무수한 시간이 흐르는 동안

슬픔은 울퉁불퉁 응고되어

마음에 더 깊은 상처를 내고는 했다.

그래서 몰래 숨어 울었던 숱한 기억들,

그건 가슴에 엉긴 슬픔을 내보내는 나만의 의식이었다.

슬픔의 성질을 둥글고 말랑하게 바꾸어 놓는 것,

그게 시라면 어떨까, 생각해 본다.

살다가 우연히 만난 시는

내 싸늘하고 푸석한 삶에 적절한 온도와 습기를 제공해 주었다.

시는 삶에 지쳐 있을 때

그만하면 됐다고, 툴툴 털고 일어나라고, 훈수 두지 않는다.

비좁은 가슴의 틈을 파고들어 고즈넉한 파문을 일으킨다.

매번 다른 떨림과 울림으로 위안을 준다.

나는 시를 읽는다.

시를 쓴다.

마음에 일던 바람은 부드러워지고

물결은 잔잔해진다.

2021년 봄을 기다리며, 정연철

이 책에 실린 시의 출처

그리움 2, 유치환, 《청마시초》, 청색지사, 1939
엄마 걱정, 기형도, 《입 속의 검은 잎》, 문학과지성사, 1989
바람의 집-겨울 판화 1, 기형도, 《입 속의 검은 잎》, 문학과지성사, 1989
한개의밤, 이상, 《젖빛 구름》, 김소운 편, 1940
바다와 나비, 김기림, 《바다와 나비》, 여성, 1939
흰 바람벽이 있어, 백석, 《문장》, 1941
개여울, 김소월, 《진달래꽃》, 매문사, 1925
가을, 함민복, 《모든 경계에는 꽃이 핀다》, 창비, 1999
풍경 달다, 정호승, 《외로우니까 사람이다》, 열림원, 1998
그리움, 이용악, 《협동》, 1947
슬픔 없는 사람이 어디 있으랴, 정채봉, 《너를 생각하는 것이 나의 일생이었지》, 샘터, 2006
스며드는 것, 안도현, 《간절하게 참 철없이》, 창비, 2008
별 헤는 밤, 윤동주, 《하늘과 바람과 별과 시》, 정음사, 1948
청시, 백석, 《사슴》, 1936

어쩌다 시에 꽂혀서는

초판 1쇄 발행 2021년 1월 29일 **초판 7쇄 발행** 2023년 10월 27일

글 정연철
펴낸이 이승현

출판3 본부장 최순영
어린이 문학 팀장 박현숙
키즈 디자인 팀장 이수현
디자인 이나혜

펴낸곳 (주)위즈덤하우스 **출판등록** 2000년 5월 23일 제13-1071호
주소 서울특별시 마포구 양화로 19 합정오피스빌딩 17층
전화 (02)2179-5600 **전자우편** kids@wisdomhouse.co.kr
홈페이지 www.wisdomhouse.co.kr

ⓒ 정연철, 2021

ISBN 979-11-91119-94-7 43810